JN212760

15歳の昆虫図鑑

五十嵐美怜

講談社

15歳の昆虫図鑑

もくじ

コセアカアメンボ……4

カブトムシ……49

アブラゼミ……104

ジャコウアゲハ……151

ゲンジボタル……186

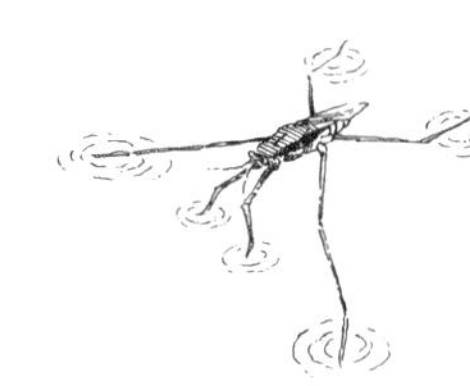

コセアカアメンボ

「夏休みのホタルのボランティア、参加してくれる人はいないかなぁ」

夏のはじめの、少しずつ気温があがりはじめた朝のホームルーム。担任の森先生が放ったその言葉に、岩ノ松中学校三年一組の教室はシンと静まりかえった。

まるで時間が止まってしまったような静けさの中、窓の外のセミの声がやけに大きく聞こえてくる。

「ホタルのボランティア」というのは、夏休み中に行われる、川をきれいにするボランティア活動のことだ。わたしたちが住んでいるこの岩ノ松町では、少し前までたくさんのホタルが見られたらしい。「ホタルがすめる環境を取りもどす」ことを目的に、川沿いのゴミ拾いをする参加者を学校ごとに募集している。参加希望の生徒は毎年少ないらしく、森先生はどこかつらそうな顔をしていた。

ホタルかぁ。わたし、生まれてから一回も見たことないや。

ここは東北の田舎町だけど、それでもホタルはめずらしい存在だ。

ホタルがお尻を光らせながら飛んでいる虫だということは知っているけれど、どこか非現実なもののように感じる。だって、電池が入っているわけでもないのに虫が自分で光るなんてすごい。小学生のころ、図鑑で見たホタルの写真は幻想的で本当にきれいだった。それを思い出すと、一度はこの目で本物のホタルを見てみたいとも思う。

だけど、二十七人がいるこの教室で「やりたい」と手を挙げる勇気は出ない。

ドクン、ドクン、心臓の音が大きくなっていく。考えるだけで顔も熱くなってきた。

目をつぶって、すっと手を挙げる自分を想像してみる。クラスみんなの視線が集まって、一部の女子は驚いた顔をして、それから……。

「はい。わたし、やりたいです」

一瞬、考えていることが自分の口から漏れてしまったのかと思ったけど、違った。

ハキハキとしたその声に振り向くと、一番後ろの席でメガネをかけた女子がピンと手を挙げている。

そっか、彼女……吉岡さんなら、こういうのやりたがるのも納得だ。

「ああ、吉岡か。他には？　やりたいって人はいないか？」

再び静かになる教室。みんな先生と目が合わないように斜め下を向いている。

このボランティアは、一つの学校から五人一組で参加者を出さないといけない。

つまり、吉岡さんの他にあと四人、集まらなきゃいけないってことだ。

「うーん。締め切りまでまだ少し時間があるから、みんな前向きに考えてみてくれ。他のクラスからも参加希望者が出てるかもしれないしな」

先生の言葉でこの話はいったん終わりということになってしまった。

残念な気持ちとホッとした気持ちが渦巻く。

まぁ、少し興味を持っただけだし、ものすごくやりたかったわけじゃないし、どうせこの場で手なんて挙げられなかっただろうし。

心の中でいろいろな言い訳を並べながら、再び吉岡さんのほうをチラッと見る。

吉岡蛍子さんは、肩までの髪を二つ結びにして、銀色のフレームのメガネをかけた、いかにも『まじめ』って感じの女子。雰囲気だけじゃなくて本当に頭がよくて、定期テストではいつも一位らしいってうわさだ。

去年の秋に東京からこの田舎に転校してきた彼女は、三クラスしかない学年のみんなからの注目の的だった。でも、その『特に都会っぽくない』見た目と、休み時間は誰ともしゃべらずに一人で本を読んでいる一匹狼ぶりから、注目はすぐにおさまった。

しかも、その読んでいる本というのが昆虫の図鑑や昆虫記……虫にまつわる本ばかり。おまけにカバンにつけたストラップは大きなトンボ。

吉岡さんは転校してきてたった数日で、みんなの中の『話しかけちゃダメな人』のカテゴリに入ってしまったというわけだ。

……中学三年生になっても、虫が好き。

我が道を行くっていうか、そうとう変わってる。

周りの目とか、なにを言われているのかとか、気にならないのかな。

そう不思議に思いながら見ていると、パッと目が合ってしまってあわてて前を向く。

彼女の分厚いメガネのレンズに教室の蛍光灯の光が反射していて、どんな表情をしているのかまではわからなかった。

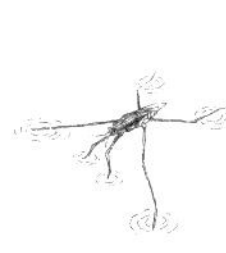

「ホタルの川をきれいにするとかさぁ、くさそうだし、誰も行くわけないじゃんね。中三にもなって」

お昼休みにいつものメンバーでお弁当を食べていると、友達の遠藤咲が笑いながらそう言った。声のボリュームを落とす様子はなさそう。こっそり吉岡さんの席を見ると、彼女は一人でもくもくとお弁当を食べていた。

「わかるー。なんのために？　って感じだよね」

「うち、虫ってだけで無理」

奈津美とあかりも咲の言葉に続いた。わたし・鈴木真優がいるのは四人組のグループだ。三年生のクラス替えで仲のよかった友だちと離れてしまったわたしを、咲たちはグループに入れてくれた。小学校が一緒の咲は昔から目立っていた。目が大きくてかわいくて、ハキハキしたリーダーシップのある性格をしていて、小学生の時はあこがれの存在だったんだ。

「真優は？」

咲が箸の先を嚙みながらにっこりと笑う。

そのクセ、やめたほうがいいよ、小さな子どもみたい。一緒にお弁当を食べるようになってからずっと思っているけれど、そんなこと言えない。言ったらきっと怒って不機嫌になるからだ。わたしは横目でまた吉岡さんのほうを見た。お弁当を食べ終えたらしく、席を立って教室を出ていくところだった。

『でも、ホタルってきれいだし、ちょっと見てみたくない？』

心の中のわたしがそう言う。

だけどその言葉はまるで水の中から発したみたいにくぐもっていて、水面に出ることなく泡になって消えてしまった。

正解の返事はこれじゃない。あわてて咲が満足する返事を探す。考えている間はまるで、わたし自身が水の中でおぼれているような感覚だ。上下左右、どっちを向いても真っ暗で光がないから泳げない。

「うーん。そんなヒマあったら受験勉強するよね」

そう言うのが精一杯だったけど、咲はまた笑ってうなずいた。

「てか、やばくない？　吉岡、どんだけ虫が好きなんだって。小学生みたい」

そこから吉岡さんの話題になって、咲はひたすら悪口を言いつのる。

咲はもともと吉岡さんのことが気に食わないようで、ずっと目の敵にしている。吉岡さんが転校してきて間もないころ、同じクラスだった咲はひどいことを言われたんだって。でも、なにを言われたのかは教えてくれないから、咲が言っていることが本当かどうかもわからないし共感のしようもない。吉岡さんがこの場にいないことが救いだ。いても同じように咲は悪口を言うかもしれないけど。

「ガリ勉」とか「地味」とか「虫オタク」とか、文句を並べる咲にうんざりしても、そんなことないよとは言えない。奈津美とあかりもうんうんとうなずいている。二人が本当に咲と同じ気持ちなのかはわからないけど、女子ってきっとそういうものだ。

「うわぁ、女子ってこえー」

　すると、いきなり横から低い声が飛んでくる。

　びっくりした。わたしの心の中を読まれたのかと思った。

　声がしたほうを向くとわたしたちのすぐそばに立っていたのは同じクラスの男子・小野航平くんで、彼は苦笑いしながらこっちを見下ろしていた。

「なに小野。どういう意味ー？」

「いや、ほんと女子って悪口ばっかりな」

「悪口じゃないってー。ちょっと文句言ってただけ」

「なにが違うんだよ」

　あきれたように言う小野くんの腕を咲は笑いながら叩く。「小野、盗み聞きなんてひどい」って言いながら、その顔はとてもうれしそうだ。

　そう、咲は前から小野くんのことが気になると言っていた。小野くんは背が高くて、眉毛がキリッとしていて、誰とでも話せる明るい性格をしている。だからクラス一の人気者だし、彼のことを好きな女子は他のクラスにもたくさんいるらしい。

　小野くんは「女子って怖い」と言いながら、咲と楽しそうに話しはじめる。どうせ、ちょっとからかうために口を挟んだだけで、本気でそんなことは思っていないんだ。女子って、たぶん小野くんが思っているより怖いよ。と、心の隅で小さく言う。

「お前ら、ホタルのボランティアやらねーの？」

「えっ、もしかして小野、やるの？」

小野くんの問いかけに咲の顔つきが変わったのがわかった。

咲、小野くんがやるならやるって言い出すかもしれない。そうしたらわたしも奈津美もあかりも強制参加だ。でも少しだけ、そうなったらいいなと思う。

「やらねーよ。ホタルとか川掃除とか、田舎くさい」

その返事に、咲はわかりやすく笑顔になる。

「なーんだ、だよねぇ。わかる。自然保護とかいかにも田舎って感じ。山の写真なんてインスタに載せてもかわいくないし」

アハハと笑って咲はまた小野くんの腕を軽く叩いた。

そんなこと言っても、ここは間違いなく田舎なんだけどな。冬は雪がすごいし、車がないと生活できないし、電車だって一時間に一本くらいずつしか通っていない。

でも、咲も小野くんも都会人って感じの外見をしてる。

二人とも、大人になったらきっとこの町を出て、東京とかで働くんだろうな。寂しいような、離れられてなんだかホッとするような……そこまで考えて首を横に振った。

「でも、吉岡もあそこまで好きなもん貫けんのすごくね？　まじで虫が好きなんだな」

小野くんが感心したように言った。

その気持ちわかる。吉岡さんって誰にも流されないって感じですごいよね。

そりゃあ、敵は作りやすいかもしれないけど、わたしみたいに言いたいことも言えないでモジモジ小さくなっているよりいいと思う。

「……そう？　ふーん、小野ってあいうのがいいって思うんだ。趣味悪ーい」

「趣味ってなんだよ、そういう意味で言ったわけじゃないっての」

あきれたような小野くんにあからさまに不機嫌になった咲が、口をとがらせながら話題を変える。

「てか小野、なんでこっち来たの？　あんたの席あっちじゃん」

咲はそう言って廊下側の後ろのほうを指さす。今わたしたちがご飯を食べているのは咲の席がある窓際の真ん中のほうだから、教室の中では反対の場所だ。

「ああ、長谷部に借りてた本返しに来たんだよ。長谷部、これありがとな。おもしろかった」

長谷部と呼ばれた男子は、窓際の一番前の席でびくっと肩を跳ねさせた。

そして、ロボットのようにぎこちない動きでこちらを振り返る。

「う、うん。おもしろかったならよかったよ」

二重まぶたの大きな瞳と一瞬だけ目が合った。黒目が子犬のようにキラキラとうるんでいるように見える。

「えっ、小野とケンちゃん、仲いいの？　意外！」

驚く咲に、小野くんはうなずいた。

「まぁ、一年からクラス一緒だし。な？」

「うん、そ、そうだね」

小野くんが笑いかけると、彼もふわっと優しく笑う。

彼・長谷部健都くんは、目が大きくて、小柄で、女子からは「このクラスで一番かわいい」なんて言われている。男子グループに交じって騒がないひかえめな性格も、その外見にぴったりだ。

「あの、遠藤さん。そういうふうに呼ばないでよ……」

「ええ、なんで？　いいじゃんケンちゃん、かわいくて合ってるよ」

ケラケラと笑う咲に、長谷部くんは少し赤くなってうつむく。

すると、小野くんがそれまでより低い声で言った。

「遠藤。こいつ、まじで嫌がってるから。な？」

まじめな顔をした小野くんに、咲は「……ごめん」と素直に謝った。

やがて昼休みが終わるチャイムが鳴って、小野くんは長谷部くんの肩をポンと叩くと自分の席にもどっていった。

〝ちゃん呼び〟が恥ずかしかったのか、長谷部くんはなにも言わずに前を向いてしまう。

咲は、ぼーっとした様子で小野くんの後ろ姿を見つめていた。

優しくて明るい小野くんが人気あるのもわかる気がする。

お弁当の包みを片付けていると、教室にもどってきた吉岡さんがわたしたちのほうを見てきた。もしかして、ホタルのボランティアをバカにしていたのが聞こえていたのだろうか。

わたしはそんなこと、思ってないよ。

なんて、自分を守るような言い訳をする。ただ心の中で言っただけだから吉岡さんには届かないけれど。

吉岡さんからしたら、わたしも咲も同じように見えているんだろうな。そう思ったら切なくなって、吉岡さんと目が合わないようにうつむきながら自分の席に座る。

すると。

「鈴木さん」

名前を呼ばれて顔をあげる。いつの間に近くに来ていたのか、わたしの席のすぐそばに吉岡さんが立っていた。

あまりに驚いたので「へ」と情けない声が漏れてしまう。「鈴木さん」というのは間違いなくわたしのことだ。ありふれた苗字だけどこのクラスに「鈴木」はわたししかいない。

吉岡さんって、ひかえめな雰囲気なのに人気者の小野くんのように声はよく通る。朝のホームルームでピンと手を挙げていたときもそう思った。

「な、なに？」

どうか話していることを咲に気づかれていませんように、とこっそり祈りながら返事をする。すると彼女は表情を変えないまま、

「ホタルのボランティア、やらない？」

と言った。

……心の中の池に水が一滴落ちて、そこからふわっと何重もの輪が広がっていく。

そんな感覚がした。

「なんで、わたし……？」

驚きながらも、絞り出した言葉がそれだった。

これまでまともに話したこともないのに、どうして？

疑問に思っていると返ってきた理由は意外なものだった。

「だって鈴木さん、朝のホームルームのとき、やりたそうな顔してこっちを見てたから」

「えっ⁉」

確かにわたしは、あのとき吉岡さんのほうを見ていた。でもそれは、やりたがる人がいなかったから先生が気の毒だなと思って、吉岡さんがどんな顔をしているのか気になって……。

「ホタル、きれいだよ」

「えっ、吉岡さん、見たことあるの？」

「ううん。予想。でもおばあちゃんが、小さいころはたくさんいたって話してくれた」

「そっか。いいなぁ」

そう言ってしまってから、ハッとする。

あわてて口に手を当てたけど、吉岡さんはそんなわたしを見て少しだけほほえんだ。

吉岡さんの笑った顔、はじめて見た。

その笑顔を見てなんだかうれしいと思うのは、どうしてだろう。

「ボランティアに参加したら、たぶん見られるよ」

「そう……だよね」

まるで心を読まれているみたい。吉岡さん、わたしがボランティアやホタルに興味があることに気づいていたのかな。

一度うつむいてからそっと顔をあげたら、メガネの奥の瞳と目が合った。そのときだった。

「真優ー、五時間目、教室移動だよ」

咲の高い声とともに、細くて白い腕が後ろから伸びてきた。突然触られたことに驚いてビクッとしてしまう。

「てか真優って吉岡としゃべるんだ。知らなかった」

「あ、えっと」

まずい。咲、怒ってる。本当に吉岡さんのことが気に食わないから、わたしが吉岡さんと話しているのもおもしろくないらしい。

咲の機嫌をもとにもどしつつ、吉岡さんに失礼にならないような言葉を探す。だけどそんな都合のいいものがパッと出てくるほど、わたしの頭の回転は速くなかった。

「わたしが鈴木さんのこと、ホタルのボランティアに誘ってたの」

わたしが悩んでいるうちに吉岡さんが答えてしまう。肩に置かれた手にぐっと力が入ったのがわかった。

「ボランティア？　真優、そんなのやらないよねぇ」

「それは遠藤さんの意見であって、鈴木さんがどう思っているかはわからないじゃん」

「はぁ？　だって真優はそんなヒマあったら受験勉強するって言ってたし」

それはさっき、確かにわたしが言った言葉だ。気まずくて吉岡さんから目をそらしてあいまいに笑うことしかできない。

「あたしも、ボランティアやるヒマあったら勉強したほうがいいと思うよ。まぁ、頭のいい吉岡サンには関係ないか」

そう嫌味を言った咲に、吉岡さんは表情を変えないまま口を開いた。

「どうせみんな、夏休みなんてだらけて勉強なんかしないんだから、ボランティアにでも参加して少しでも内申点あげておいたほうがいいと思うけど」

……わたし、咲、吉岡さん。三人の間に風が通ったようにその場の空気が冷える。

咲の手は震えていて、今にも声を荒らげそう。

そんな爆発寸前の咲をよそに、吉岡さんはくるっと背を向けて自分の席へともどってしまった。

「なにあいつ、やばくない？　真優、おとなしいから頼めばやってくれると思われてるんじゃない？」

と言われて苦笑い。咲にとって、わたしは「おとなしい」人間に見えてるんだ。いつも人目を気にして縮こまっているから無理もないのかな。

高校生や大学生、大人になったら……ここじゃない場所でなら、もっと自分らしくいられるのだろうか。でも、咲や吉岡さんのように堂々としているわたしの姿は、自分でも想像できないや。

放課後、ゴミ捨て当番だったわたしを、咲たちは待っていてはくれなかった。
夕方から生配信される動画が観たいと言って、帰りのホームルームが終わるのと同時に三人で帰ってしまったのだ。
置いていかれて虚しいのと、一人で気楽に帰れてうれしいのが交ざった、半々の気分。わたしは咲たちが好きな配信者の動画をあまり観ないから一緒に帰っても話を合わせるのに苦労する。だからこれでよかったんだと自分に言い聞かせた。
一人きりの教室で帰り支度をしていると、後ろのドアから誰かが入ってくる。

顔をあげてチラッと見ると、それは吉岡さんだった。

「あ……」

小さく声が漏れてしまって、あわててうつむく。でも今、目が合った。

わたしはグッと下唇を噛んで、勇気を出して言った。

「吉岡さん。昼休みはごめんね」

謝れたことにひとまずホッとしたのも束の間、吉岡さんは首をかしげた。

「なにが？」

「えっ？」

「鈴木さんがなにに対して謝ってるのかわからなくて」

そう言われて気づく。今の「ごめん」は、ボランティアができないことへのごめん？

それとも、気まずい思いをさせたことへのごめん？

答えられずにいると、吉岡さんは自分の席に座って帰り支度をはじめてしまった。

手を動かしながら少し離れたわたしの席まで聞こえるはっきりとした声で言う。

「それより、こっちこそごめん。鈴木さんがボランティアやりたそうにしてたなんて、わたしのかんちがいだった。本当にやりたかったらホームルームで手を挙げるよね」

あ、とまた、かすれた声が喉から漏れる。

だけど今度は吉岡さんのところまでは届かないくらい小さな声だった。

違う。かんちがいなんかじゃない。

もし、大勢のクラスメイトたちの前じゃなかったら。

ううん、同じクラスに咲がいなかったら。

わたしはきっと「やりたい」と手を挙げていたと思う。

「あの……かんちがいじゃなくて、興味はあってね」

「そうなんだ」

「うん。あのさ、例えば、クラスの他の人にはバレないようにボランティアに参加する方法ってないのかな？」

ようやく口から出たのは、そんなずるい提案で。

情けなくて泣きそうなわたしを見て、吉岡さんはため息をついた。

「ご、ごめん、無理だよね、そんな都合のいいこと」

へらっと笑って、今の話は無かったことにしてもらおうとした。

だけど吉岡さんは、

「わかった。先生に聞いてみる」

とだけ言って、トンボのストラップがついたカバンを持って教室から出ていった。

「まっ、待って！　自分で言ったのにあれだけど、やっぱりそんなの無理だよ。やるってなったら集まりとかあるだろうし」

あわてて吉岡さんを追いかけて廊下に出ると、彼女は首だけで振り返る。

「なんで無理って決めつけるの？」

「え……」

「集まりとかにはわたしが行くよ。詳しいこともこっそり連絡するから」

「こっそり？」

「うん。遠藤さんたちに、わたしといるの見られないほうがいいんじゃない」

最後の言葉は、わたしからすればまさにそのとおりだった。

だけど吉岡さん本人がそんなことを言うなんて。心の中に氷柱のように鋭く冷たいものが刺さる。

……やりたいって、踏み出そうとしたつもりなのに。

わたしは今、ちゃんとボランティアに取り組もうとしている吉岡さんの気持ちを傷つけてしまったような気がする。

みんながやりたがらないようなボランティアを吉岡さんと一緒にやること、周りの人には知られたくない。でも、ホタルは見たい。かばう勇気もないくせに吉岡さんにいい印象で見られたいって思っている。

なんてわがままなんだろう。吉岡さんはそんなわたしのことを、どう思っただろう。

謝るよりも早く、彼女は廊下を曲がって行ってしまった。

自分の発言や態度に後悔がつのる。

わたしの足は床に貼りついたように動かなくなり、吉岡さんを追いかけることはできなかった。

数日後の休み時間、トイレから帰ると机に置いておいた教科書の下に紙切れが挟んであった。

【放課後、Vのことで話があるので残ってください。Y】

……五秒ほど考えて、その意味に気づく。

これは、『V＝ボランティア』のことで話があるから放課後に教室に残っててほしいっていう、『Y＝吉岡さん』からのメッセージだ。

まるでスパイ映画の機密文書みたい。同じ教室内にいるんだから直接話せば早いのに、咲たちにバレないように気を遣ってくれたんだ。わざわざこんな面倒なことをさせて、吉岡さんに申し訳ないなって思う。

見ると、吉岡さんは自分の席で一人、本を読んでいた。

「わかった」って、どう伝えるのがベストだろう。せっかく手紙をくれたんだから、同じように手紙で？　これから一緒にボランティアをやるのに、他の人がいる前では一言も話さないの？

——そんなのおかしいとわかってる。

わたしは自分の席から立ち上がって、ゆっくりと吉岡さんの席のほうへ歩いていく。

「気を遣わせてごめん」「みんなに知られてもいいから、やっぱり普通に話そう」心の中では痛いくらいにそう思っていた。

「よ、吉岡さん」

名前を呼べた。

そう思ったけれど、わたしのか細い声は小野くんの太い声にかき消されていた。

「なぁ吉岡。俺、五時間目の数学当たるんだけど、予習してある？　どうしてもこの問題わかんなくてさぁ」

「……は？　なんでわたしに聞くの？」

「だって吉岡、いつもちゃんと予習してきてんじゃん。頼むよ。今度お礼するからさ」

太陽のような笑顔でそう言って、小野くんは胸の前で両手を合わせる。

もしこれが少女マンガのワンシーンだったら、主人公のときめきポイントだ。だけど吉岡さんは顔色一つ変えることなく、バサッと音を立てて自分の机の上にノートを置く。

「別にお礼なんていらない。今日だけだから」

「やった。サンキュー」

二人のノートの貸し借りを、わたしはすぐ近くで眺めていた。クールな吉岡さんにためらいなく話しかけられる小野くんもすごい。

わたしも小野くんのように大きな声を出さなきゃ聞こえない。息を大きく吸ってもう一度吉岡さんの名前を呼ぼうとした。

……だけど。

「真優ー！　こっち来てー！」

大きな声で名前を呼ばれて、体が跳ねる。

声がしたほうを見ると、みけんにシワを寄せた咲が手招きをしていた。今のやりとりを見ていたのはわたしだけじゃなかったんだとわかった。

結局わたしは吉岡さんになにも言えず、咲の席に吸いよせられた。

そして咲の吉岡さんへの文句を聞いて、うんうんとうなずく。

別に、ノートの貸し借りぐらい、いいじゃん。それに、咲は小野くんと付き合ってるわけじゃないんだから、吉岡さんに文句言う権利だってないと思うよ。

たくさん気持ちがあふれてくるのに、ちっとも口からは出てこない。

あげくの果てにそのグチは放課後になっても続いて、わたしは吉岡さんと二人きりになれなかった。自分の話をされていることに気づいたのか、吉岡さんは自分の荷物を持ってさっさと教室を出ていってしまった。

メッセージをもらっていたんだから、今すぐ吉岡さんを追いかけたい。

でも、もし咲にきらわれて、今のグループから外されたらどうしよう。

卒業までの半年以上、わたしは教室で「ぼっち」になってしまう。

そんなの嫌だよ。周りからも「かわいそうなやつ」みたいな目で見られるんでしょ？

わたし、吉岡さんみたいに心が強くないもん。

「咲はかわいいんだから、もっと自信持ちなよ」

そう言ったら、咲の機嫌は一気によくなったように見えた。あ、これが正解だったんだ。

「あたし、小野に告ってみようかなぁ」

「うん、いいと思うよ」

結局そんな結論になって、鼻歌をうたう咲と途中まで一緒に帰った。

咲と別れて、わたしは来た道をあわてて引き返す。

【五時ごろまで松村公園にいます。もしよかったら。Y】

――靴箱にこっそり、そんな手紙が入っていたから。


「よ、吉岡さん。ごめんね」

ぜえぜえと息を切らしてやってきたわたしを見て、吉岡さんはめずらしく驚いた顔をした。

「来ないと思った」

「うん。でも、来ちゃった。ごめん」

「なんで謝るの？　鈴木さんって、いつも謝ってるよね」

真剣に首をかしげる吉岡さんに、すぐに返事ができない。だって、吉岡さんの言うとおりだったから。

そのうちわたしの答えに興味を失ったのか、吉岡さんは「こっち」と言ってわたしに手招きをした。

ブランコ、滑り台、砂場……遊具の横を通り抜けて、古い木でできた階段を下りる。

その階段は意外と急で、一段の高さや幅もまちまち。おそるおそる足をかけてやっと下りていくわたしとは逆に、吉岡さんはどんどん進んでいった。

「待って」と言ったら彼女はようやく足を止めてこっちを振り返って、手を差し出してくれる。

……わたしと吉岡さんの手が、はじめて触れた。

思っていたよりもあったかい。たった一瞬だったけれどそう思った。

階段の下の遊歩道のような道に入り、少し歩くと川が流れる音がする。吉岡さんはそこでぴたりと立ち止まった。

「この先に、昔ホタルがたくさんいたんだって」

「！　ここが……」

見渡す限り一面が緑。生い茂る葉っぱをかきわけると、その奥に小さな川があって、透明な水がさわさわと流れていく。大きく息を吸うと雨の日のような土の香りがした。

公園の近くに……いや、自分が暮らしている町に、こんな場所があったことさえ知らなかった。

「ここをもっと下ったところでゴミ拾いをやるみたい。ここのホタル、絶滅したわけじゃないらしいから、運がよかったら見られるかもね」

そう言って吉岡さんはおだやかな笑みを浮かべる。

ひときわ強い風が吹いて、木々が揺れて、その後シンと静かになって。まるでわたしと吉岡さんだけ、外の空間から切り取られたような感覚になった。

「……吉岡さん。ごめん」

「なにが？」

「ボランティアのこと。吉岡さんは真剣にやろうとしているのに、わたしは誰にも知られたくないなんてわがまま言って、今日だって、わざわざ手紙なんて書かせて」

わたしと吉岡さんしかいない世界だったら、思いをすらすらと言える。

「いいよ、そんなの。五人いないと参加できないから、入ってくれるだけで助かるし」

でも『ボランティア』の定義は『自発的な意思に基づき他人や社会に貢献する行為』なのだから無理に参加者を集めること自体がおかしい、と吉岡さんは早口で言った。

「ふふ。たしかに、そうかも」

「…………」

「でも、吉岡さんって優しいよね」

わたしの言葉に、それまで空を仰ぎながらしゃべっていた吉岡さんが勢いよくこっちを見る。あまりに驚いた顔をしていて、こっちまでびっくりした。

「わたし、優しくないよ」

「えー、優しいよ。そもそも、ボランティアをやろうとしていることが優しい証拠だと思う」

他にも、吉岡さんが優しいと思うところはたくさんあった。

わたしをボランティアに誘ってくれたこと。誰にも知られたくないという最悪なわがままを聞いてわざわざ手紙で連絡してくれること。小野くんに予習のノートを見せてあげたこと。そして今日、わたしをここに連れてきてくれたこと。

一つずつ言葉にしようとする前に、吉岡さんが口を開く。

「……ボランティアなんてどうでもよくて、ホタルが見たいだけだよ」

「うーん、でもここでホタルが見られるってわかってるんだから、わざわざボランティアに参加する必要ないでしょ？　それなのにやるんだから、えらいと思う」

「それは、行事とか理由がないと、夜に外に出るなんて許してもらえないから」

中学生だけで夜に出かけるなんて、反対する親も多いだろう。ハッキリ門限を決められてるわけじゃないけど、うちもきっと夜の八時くらいまで外にいたら怒られると思う。

「そうだよね。でも、ボランティアのことだけじゃなくて……」

「それにわたし、優しいなんて今まで一回も言われたことない。『最低』とか『最悪』って言われたことならあるけど」

吉岡さんは少し強い口調でわたしの言葉をさえぎって、それからまた上を見る。

「え。最低なんて、誰に言われたの？」

そういうことを本人に言ってしまいそうな人物の顔はすぐに思い浮かんだ。きっと咲だ。

だけど吉岡さんの口から出たのはわたしの想像と違う人物だった。

「……前の学校の人たち。あとは、親もそういう感じのこと平気で言ってくる」

は、と乾いた声が漏れる。

あまりのヘビーな発言に、なんて返していいかわからない。これ以上詳しく聞いていいのかな。それとも励ますべき？

なにも言えないでいたら、ざわざわとした木々の揺れる音と、川の音だけになった。

たった数十秒ほどの沈黙が十分にも二十分にも感じる。

ぴちょん、と水面でなにかが跳ねたのがわかった。魚かと思ったけれど、それにしては小さすぎる。アメンボだ。

一匹のアメンボが水面に何重もの輪を作りながら進んでいく。

なんだか自分の心の中にも輪が広がっていくような気がした。それをじっと見つめながら、わたしは吉岡さんに伝えたい言葉を真剣に考えた。

「詳しくはわからないけど。でも、わたしが知ってる吉岡さんは、優しいよ。優しいから、わたしがボランティアをやりたがってるって気づいてくれたんだと思う」

自分で言っていて泣きそうになって、ぐっとこらえた。鼻の奥がツンと痛い。心の底から思っていることを言葉にすると、涙が出てきそうになるのはどうしてだろう。

うつむいたままのわたしに、吉岡さんは小さな声で言った。

「鈴木さんってさ、八方美人だって言われない？」

パッと顔をあげる。吉岡さんは空を見たままだった。

そんなの、一度も直接言われたことはない。

だけどわたしの周りの人はきっと、わたしのことをそう思っているだろう。

咲の機嫌を取るためにいい顔をして、吉岡さんに対するグチだってうなずきながら聞くせに、吉岡さん本人の前ではニコニコ笑っている。そんな自分のことをきらいだって思う。

ぽたり。わたしの頰から垂れた滴が水面に落ちた。それに驚いたのか、アメンボが逆方向に跳ねていく。

吉岡さんはわたしが泣いていることに気づいてため息をついた。

「ごめん」

「ううん、ほ、本当のことだから」

「……わたし、思ってることをよく考える前に言っちゃうんだ。昔からそうなの」

少しだけ震えた声。一瞬だけ吉岡さんも泣いているのかと思ったけれど、そんなことはなかった。

むしろその逆で、彼女は笑っている。口の端が引きつった、とっても悲しい笑顔。

「どうしてもっと相手の気持ちを考えてしゃべれないの、って何回も怒られた。でも難しくて、気づいたら人を傷つけてて……それがきっかけで転校することになったんだ」

世の中には「人に合わせるのが苦手な人もいる」んだって、道徳の授業で習ったような気がする。それは病気じゃなくて個性だって、小学校のときの担任の先生が言っていた。そのときは理解したはずだったのに、今わたしは吉岡さんになにを言ったらいいのかわからない。

「だから、わたしは全然優しくないよ。人と話すとひどいことを言っちゃうから、今の学校では必要以上にしゃべらないようにしてるだけ」

ほほえみを崩さないままそう言った吉岡さんに、「そんなことないよ」と言いかけてやめた。

だって、わたしは吉岡さんの考えを否定できるほど吉岡さんのことを知らないから。

「……でも、わたしは逆に言いたいことをなんにも言えないから、自分の考えていることをハッキリ言えるのってかっこいいなって思う」

それは心からの言葉。口に出してしまってからハッとする。

彼女はそれがコンプレックスなのだから、触れられたくない部分だったかもしれない。

あわてて謝ろうと口を開いた瞬間、

〝ブゥン〟

「わっ⁉」

耳元でなにかが飛んで、思わず声をあげる。

そんなわたしを見て吉岡さんも驚いた顔をして、そしてケラケラと笑った。

「ハチだよ、ハチ」

「えっ、ハチ⁉　逃げなきゃ⁉」

「違う違う、ただのミツバチ。ほら」

ハチだなんて言うから、スズメバチのように毒のあるものを想像してしまった。吉岡さんが指さした先に飛んでいたのは、小さくて体も丸っこいミツバチ。

「なんだ……よかった」

　ミツバチがめったに人間を刺さないことくらい、わたしだって知っている。川べりに咲いていたピンク色の花に少しだけ止まって、それからまた音を立てて飛んでいった。

「意外と黄色くないんだね」

「黄色いのはセイヨウミツバチっていって、蜂蜜を作るのに飼育されてる種類。今のは黒っぽくて小さかったからニホンミツバチ」

　早口で一気に説明してくれた吉岡さんにまた驚く。吉岡さん、本当に虫に詳しいんだ。

「今の……ニホンミツバチは蜜を集めないの？」

「集めるよ。女王蜂のために集めて、巣に帰る」

　女王、という言葉を聞いて、わたしの頭の中にはまた咲の顔が浮かんできた。

　咲が女王蜂、わたしは女王様のご機嫌がよくなるようにせっせと蜜を集める、下っ端の働きバチ。

　そんなことを考えて、似合っているなと思ってクスッと笑ってしまう。

「なに？　思い出し笑い？」

「ご、ごめん。……わたし、ミツバチみたいだなぁって自分で思って」

　なにも説明しなくても、吉岡さんにはその意味がわかったみたいだった。

だけど吉岡さんはうなずくことなく、そっと水面を指さす。

「……鈴木さんはミツバチじゃなくて、あれ」

そのままその場にしゃがみ込んだ吉岡さんの隣に自分もしゃがんで指の先を見る。

ピチョン、ピチョン。

水の輪っかを作りながら進んでいくのは、さっきも目に入ったアメンボ。

どうして？　と思いながら吉岡さんのほうを向くと、彼女はメガネの奥の瞳をキラキラさせながらアメンボを観察していた。

そしてこちらを見ないまま、口を開く。

「アメンボってカメムシの仲間なんだよ、知ってた？」

「えっ⁉」

カメムシって、茶色くてくさいにおいを出す、あの？

似ても似つかない姿に、再び水面のアメンボを見る。細長い体に長い脚。決してかわいいとか美しいなんて言えないけど、カメムシほどの不快感はない。

「カメムシと同じように臭腺があるんだけど、カメムシとは違って飴みたいなにおいがするからアメンボって名前になったんだって」

「え、甘いの？」

「前に嗅いでみたけど、ほんのり甘い感じはした。飴ってほどじゃないけどね」

「嗅いだことあるんだ……」

驚くけど、吉岡さんなら抵抗なくやりそうだ。

でも、それってわたしがくさいってこと？　と不安になる。カメムシのようにくさいと言われたら立ち直れない。ちゃんと理由を聞く前に、吉岡さんがまた話しだす。

「あれは、コセアカアメンボだね」

「コセアカ？」

「体がちょっと茶色いでしょ？　赤とまでは言わないけど」

「たしかに」

アメンボって黒いイメージだけど、視線の先にいるアメンボは茶色く、日光の当たり方によっては暗いレンガのような色にも見える。

「あ。もしかして、『あめんぼあかいなあいうえお』って、コセアカアメンボから来てるの？」

「なにそれ」

「聞いたことない？　小一くらいで、授業で読まなかったっけ」

「覚えてないや」

どうやら吉岡さんは、わたしが思っていたよりも昆虫以外のことに興味がないらしい。

帰ったら自分で調べてみようと思って頭の中にメモをとった。

「それにしても、アメンボとカメムシが仲間なんて知らなかったな」

そうつぶやくと、再び吉岡さんのメガネのレンズがきらっと光った気がした。

「口とかはねとか、体の基本的な構造は一緒らしいよ」

「はね？　アメンボって飛ぶの？」

「飛ぶよ。だって水たまりとか池とか、他の水辺とつながってないようなところにもいるじゃん。飛んできてるんだよ」

「そうだったんだ」

アメンボが空を飛ぶ姿を見たことはないけれど、吉岡さんの説明を聞いたら納得だ。空を飛んで、においを出す。パッと見た姿はまったく異なるのに、生態は確かにカメムシに似ているみたいだ。

「カメムシと違うのはやっぱり脚かな？　アメンボはすごく長いよね」

わたしの言葉にうんうんとうなずいた吉岡さんは、本当にうれしそうな顔をしている。

「アメンボは水辺で生きるために、水の上を進めるように脚が長く進化したのかもよ。そう考えたらすごくない？　環境への適応力っていうか」

「う、うん。すごい」

「しかも、アメンボが作ってる水の波紋、見てみて。これがエサを見つけたり、危険を察知したりするレーダーになってるんだって」

「へぇー……」

さっきから、わたしの知らない、どこか別の世界の話を聞いているようだった。だけど話の中心であるアメンボは、実際にわたしの目の前に生きている。

知らなくても生きていけるけれど、知ったら感心してしまうような知識を持っている吉岡さんは、自分よりも一段高いところを生きているような気がした。

「あのさ。どうしてわたしがアメンボなの？」

ようやく理由を尋ねると、吉岡さんは驚いたように目を見開いた。

そして、「伝わらなかったんだ」としょんぼりした声で言う。

「あっ、ごめん。わたしの理解力が足りないのかも」

「ううん。わたしが伝えるの下手だから。ちょっと待ってね」

首を横に振って腕を組み、真剣に考えはじめる吉岡さん。少しでも気持ちを汲めればと、これまでの会話を思い出しながら次の言葉を待った。

「鈴木さん、いろんな場所でうまく適応しながら生きてるじゃん。わたしとも、遠藤さんとも、うまくやってる。そういうところがアメンボに似てるって、言いたかったの」

思いもよらない理由にハッとする。

そんなの過大評価だ。わたし、そんなにすごい人間じゃない。

「……わたしはこんなふうに水の上を歩けてないよ。いつもおぼれてるようなもんだし」

なにを言うにも周りの目を気にして、顔色をうかがって。言うか言わないか迷っているときは、水の中でもがいているのと一緒だ。そんなわたしのことを、吉岡さんはアメンボに似ているのだという。

「うーん、なんか鈴木さんは、これからどんな場所に行っても、アメンボみたいに上手に歩いていきそうだなって思った」

どんな場所に行っても。その言葉でわたしは思い出した。

今まで、幼稚園でも小学校でも、クラス替えがあっても、クラスでひとりぼっちということはなかった。嫌がらせをされたり面と向かって悪口を言われたりしたこともない。

それは、わたしが八方美人で相手に合わせて過ごしているから。

だけど吉岡さんはそんなわたしの性格を長所だと言ってくれる。そして。

「水の中でおぼれちゃうならさ、水の上を歩けばいいんだね。川でも、池でも、水溜まりでも。それができる鈴木さんがなんだかうらやましい」

その言葉を聞いた瞬間、ストンと、心の中になにかが落ちた。

今わたしがいるのは、暗くて濁っていて泳ぎづらい水の中。そんな「合わない」場所でもわたしは泳げる。吉岡さんが言ってくれたとおり、それはすごいことなのかも。

でも、無理して泳ぐことはない。わたしがいる場所は、ここだけじゃない。

別の場所でも、うまくやっていけるかもしれない……。

そう思ったら、だんだんと気持ちが軽くなっていく。

わたしは水辺にそっと手を伸ばして、細長いアメンボに触れようとした。

その手に気づいたのか、逆方向へと跳ねていく。

きっと今、レーダーが作動して危険を察知したのだ。ほんの少ししか水面に触れていないのに、気づかれてしまった。

すごい。そうつぶやくと、横で吉岡さんは「でしょ?」と笑った。

吉岡さんがまるで自分が昆虫代表のような言い方をするのがおかしくて、わたしも声を出して笑った。

「吉岡さんって、本当に虫オタクなんだ」

「オタクって……まあ、否定はしない」

「ふふ。ホタル、見られたらいいね」

「うん、でも五人も集まるかな。ただでさえわたし、クラスのみんなにきらわれてるだろうし」

真顔でそう言った吉岡さんに、言葉がつまる。

さっきのアメンボがまた水の輪を作った。

「……集めようよ。あと三人。わたしも頑張るよ」

なんのアテもないのにそんなことを言ったわたしに、吉岡さんは大きくまばたきをする。

「鈴木さん、本当に参加するの？　ボランティア」

「？　う、うん。今度はちゃんと申し込むから」

「……そっか」

その口元がかすかにゆるんでいたから、わたしはなんだかうれしくなる。

そして、わたしと吉岡さんは暗くなるまでたくさんの話をした。

吉岡さんは、お父さんが大学で生物学の研究をしていて、その影響で虫が好きになったこと。今住んでいる家は二丁目の動物病院の近くだけど、実は虫と違って動物はあまり好きじゃないってこと。話すのが苦手だと言っていたけれど、じっくりと話を聞いていけば嫌な発言なんて一つも出なかった。

家に帰ってスマホをチェックすると、咲たちとのグループラインにたくさんのメッセージが届いていた。どうやらわたしがなかなかレスポンスを返さないことに不満を持ったらしい咲が、何度もわたしの名前を呼んでいた。

いつもなら焦ってうまい理由を考えて打ち込むだろう。だけど今、どうしてか気持ちはおだやかだ。

深呼吸して一言だけ、グループにメッセージを入れる。

【わたし、ホタルのボランティアやることにしたんだ】

翌朝、教室に入るなり、咲が静かに話しかけてきた。

「ちょっと真優、昨日のアレどういうこと？」

決して怒鳴っているわけではないのに、咲の顔が、声が、怒っているのがわかる。本当は直接口で伝えるべきだってわかってたけど、いざ面と向かって言い出せるか不安だった。

決心が鈍(にぶ)らないように、先にメッセージで思いを伝えた。すぐに【は？】と返事が来たけど、【詳(くわ)しくは明日学校で話すね】と返した。それから何回かスマホが鳴ったけれど、既読(きどく)もつけていない。

「……ごめん。本当はわたし、ホタル見てみたいって思ってたの」

まただ。うそいつわりない気持ちを言葉にすると、涙(なみだ)が出そうになる。

それはどんなに強い決意の後でも同じなんだって気づいて、泣きそうなのを必死にこらえた。

「いくら真優がやるって言っても、あたしらはやんないよ？」

「うん。わかってる」

「吉岡と一緒(いっしょ)にやるんだ？」

「……うん」

うなずくと、咲は顔をしかめた。そして小さい声で、

「あたし、吉岡のこときらいなんだけど」

と言った。

知ってるよ。そんなの、誰(だれ)が見てもわかるもん。でも、好きとかきらいとか、そんな気持ちまで咲に合わせる必要ないよね？

「わ、わたしは、吉岡さんのこと……きらいじゃないから」

ついに言った。だけど「言ってしまった」とは思わなかった。

咲にきらわれたくなくて、いつも顔色をうかがって、咲の言うことにはなんでもうなずいて。今までずっと、そうしていれば平和だった。ときどきちょっとだけ心が疲れても、がまんしてやり過ごす。そうしてこのまま二学期も三学期も過ごして卒業するはずだったんだ。

だけど、水の中でおぼれていたわたしに勇気をくれたのは、吉岡さんの言葉。わたしはどんな場所に行ってもきっと歩いていける。

だから今、咲を怖がってホタルのボランティアをやれなかったら絶対に後悔するって思った。そして高校生になっても大人になっても「誰かに合わせてやりたいことをやりたいと言えない鈴木真優」のままだ。

「真優、いいんだ。それで」

咲はすっと真顔になって、ひどく冷たい声で言った。

それは「あたしと友達じゃなくなってもいいの？」って意味だとわかった。

咲とケンカしたいわけじゃない。だけど、わたしはもう水の中でおぼれたくない。

「……うん」

背中にはべっとり汗をかいているのがわかるし、足だってちょっと震えている。夏だっていうのに体温が急激に下がっている気がする。咲の目つきが鋭くなって「怖い」って思ったけど、それでも後悔はない。

「ふーん。そっか」

まるでなにもなかったみたいに、咲は自分の席にもどっていく。心配そうにこっちを見ていた奈津美とあかりになにか言った。そして、三人は一切こっちを見なくなった。

改めて、わたしと咲は友達でもなんでもなかったんだなぁと思う。これだけのことでしゃべらなくなるくらいの関係。寂しいよりも、切ないと感じた。

自分の席に着くと、長谷部くんがチラチラとこっちを見ていた。どうやらわたしと咲のやり取りが聞こえていたみたい。どう反応したらいいかわからなかったから苦笑いを返すと、あわてて前を向いて本を読みはじめてしまった。

そういえば長谷部くんって、教室にいるときはだいたい一人で本を読んでる。たまに小野くんとか他の男子ともしゃべるけど、基本的には一人行動だ。

そんな小野くんだっていつも人に囲まれていても、「特定のグループ」には入っていない。吉岡さんだっていつも一人で過ごしている。

なんだ。一人って、そこまでめずらしくないんだ。

最初の一日二日は「咲と真優、ケンカしたのかな」とか「鈴木さん、一人でいるよ。仲間外れ？」なんてヒソヒソ声が聞こえてきたけど、五日も経てば誰もなにも言わなくなった。

……意外だったのは、それからすぐに、奈津美とあかりの二人も咲と一緒にいるのをやめたってこと。

奈津美とあかりは二人でご飯を食べるようになって、わたしと咲はそれぞれひとりぼっち。四人組が見事に分裂しちゃうなんてびっくりだ。

一人での昼食はかなり早く食べ終わるし、誰かと話すこと自体が少なくなった。だけどこれは長い人生の中のほんの一瞬なのかも。そして、

「ご飯食べ終わった？　ヒマならボランティアのチラシ配りやらない？」

新しくできた友人の不器用なお願いにうなずく。

「嫌なことは嫌って言って。わたし、察するとか苦手だから」

と、吉岡さんには言われた。これからは、本当にやりたくないことはハッキリと嫌だと言おうと思った。

わたし、この夏にホタルを見られるかな。

ボランティアに行って見られたらうれしいけど、もし今年見つけられなくてもいいや。
たとえ今がダメでも、これからの長い人生のうちのどこかでは見ることができるような
気がするから。

【コセアカアメンボ】

分布……北海道～九州、南西諸島

時期……3月～10月

体長……10.5mm～14.5mm

低山地の池沼や静かな流水域に生息。体は赤褐色で大形。脚には細かい毛が生えており表面張力で水に浮く。環境が悪くなると、よりよい場所を求めて飛んで移動する。最長で500mほど飛んだという報告例も。

カブトムシ

最近クラスの雰囲気があんまりよくない。と、僕は思う。

というのも、クラスの一つの女子グループがケンカ別れしたみたいで、もともと四人組だった彼女たちはばらばらになった。

前の日まで四人で仲良くご飯を食べていたはずなのに、たった一日でどうしてそんなことになってしまうのか、僕にはまったく理解できない。

一緒にいられなくなるようなよっぽどの出来事があったのだろうか。

それとも、本当はもとからそれほど仲がよくなかったの？

そんなこと考えても、人の気持ちなんてわかるわけないけれど。

「前から思ってたけど、女子ってこえーよなぁ。なぁ、長谷部」

「え？　う、うん」

ふと肩に大きな手が置かれてビクッとしてしまう。

手の主は人気者のクラスメイトの小野航平だった。

僕・長谷部健都は心の中で大きく深呼吸する。

クラスの男子のリーダーである小野は、いわゆるイケメンで明るくて友達も多い。背が高くて体つきだって大人っぽくて、高校生だって言っても違和感ないくらいだ。

それに引き換え僕は、身長なんて百六十二センチしかないし、痩せていて肌が白くて、声だって声変わりはとっくに済んでいるのにそこまで低くない。

女子いわく『目が大きくてかわいい』らしい。チワワに似ていると言われたこともあるのだけど、自分的には金魚みたいで嫌だと思っている。なにより毛が濃いのか、まつ毛が太くて多い。父さんもそんな感じだからたぶん遺伝なんだと思う。今はそうでもないけど、きっと将来は父さんみたいにすね毛がボーボーになるはずだ。

一部の女子は僕のことを「ケンちゃん」と呼ぶ。「ちゃん」付けで呼ばれるのはなんだか恥ずかしい。中学三年にもなってかわいい扱いされるのは複雑な気持ちだ。

それに、五年前に亡くなったおばあちゃんが僕のことをそう呼んでいたから、おばあちゃんとの思い出が上書きされちゃうみたいでなんだか嫌だった。

「この間まで四人固まって吉岡の悪口言ってたのにな」

「そういえばそうだったね」

「俺、女に生まれなくてよかったかも」

「……僕も、そう思う」

呆れたように笑う小野の手が、僕の肩からするすると二の腕あたりに移動する。

「つーか長谷部、細いな。ちゃんと食ってんの？」

「た、食べてるよ」

「ふーん。てか筋肉ないよなぁ。運動部入っとけばよかったのに」

小野はバスケ部、僕はコンピューター部だった。お互い六月で引退したけど、部活で培った筋力や体力の差は歴然だ。

やわやわと、僕の情けない二の腕を揉んで小野が笑う。

……やめてほしい。

でも決して、彼にからかわれるのが嫌なわけじゃない。

小野の大きくて分厚い手のひらの感触とか、凛々しい眉毛とか、すっと高い鼻筋を見ているとなんだか心がざわざわして、体の底が熱くなってくる。

やっぱり小野、かっこいいなぁ。

「僕、運動神経、悪いから」

なぜかカタコトっぽくなった僕を見て、小野はぷっと噴き出す。

目が細くなって目尻にいくつかシワができた。前に女子が「小野くんの笑いジワがいい」と言っているのを聞いたことがある。

「まぁ、俺から見たらコンピューター部もすごいからな。しかも長谷部、パソコン検定かなんか受かったんだろ？」

「うん、でもまだ四級だよ。普通の中学生レベル」

「十分すげーって。俺なんて授業でしかパソコン触んねーし」

「タブレットがあるからパソコンってあんまり使わないもんね」

「うん。でも、将来会社とかに勤めたらパソコン使えないとやばいんじゃね？　なんにせよ、資格持ってるってだけで周りより一歩抜けてる感じがする」

コンピューター部の部員はオタクばかりだと思われているらしく、活動に興味を示してくれる人なんてめったにいない。

僕がＰ検に合格したことを知って喜んでくれたクラスメイトは小野だけだった。

三年間、特に目立つ活動実績もなかったことに焦ってとりあえず受験したその検定は、タイピングとか簡単な表作成とか本当に基礎的な問題ばかり。それでも小野は「すごい」「自分にはできない」と言ってくれる。そんな言葉を聞くと、自分が本当にすごいやつになったような気がしてくるんだ。

見た目がよくて、性格だってめちゃくちゃいい。

小野は、姉さんから借りて読んだ女子マンガに出てくるヒーローのようなやつだ。

「長谷部、成績だってめっちゃいいしな。この脳みそ交換してほしいわ」

そう言って彼は僕のおでこを軽く叩いて、教室の後ろのほうにある自分の席にもどっていった。

おかしい。

肩に手を乗せること、腕を触って筋肉を確かめること、頭をポンと叩くこと。

そんなの、同性同士ならよくやっている普通の光景だ。

女子同士ならぎゅっとくっついたり手をつないだりもしているし、男子同士なんてカンチョーしてる奴らもいる。

そう、おかしいのは僕の心だ。

さっきからドクンドクンと心臓の動きが速くなっていって、顔が熱くて。

もう目の前にはいないのに、小野のことで頭がいっぱいだ。

僕は前にもこんな気持ちを経験したことがある。小学四年のころ、隣の席だったヒナコちゃんのことを「かわいくて優しくていい子」だと思った。そんなことばかり考えていたらヒナコちゃんの顔を見るたびにドキドキして、挨拶したりしゃべったりできるとうれしかった。五年生になって彼女が転校してしまったときは泣くほど悲しかった。あれはたぶん、僕の初恋だったんだ。

ヒナコちゃんに抱いていた感情と、今、小野に抱いている感情はよく似ている。

だけど〝同じ〟はずはない。だって僕は男、小野だって男なのだから。

違うと思えば思うほど、意識してしまう。こんな自分のことがよくわからなくて、小野と話せるとうれしいのに、苦しいんだ。

五時間目の授業は英語。
英語の教科係の僕は、チャイムが鳴る前に職員室に向かう。英語の授業ではいつもスピーカーを使うから、休み時間のうちに取りに行かなくちゃいけない。英語の三瓶先生は僕の顔を見て「あ」と声をあげ、「今日は準備はいらないの。言うの忘れててごめんね」と言った。
授業でスピーカーを使わない。その理由は、三瓶先生の後ろから現れた人物を見たらすぐにわかった。
「Ｈｉ！　ケント！」

「ニック！」

美術室にある彫刻のように彫りの深い顔、金と銀の中間みたいなきれいな色の短髪。

この学校のＡＬＴのニックが、さわやかな笑顔で僕の名前を呼んだ。

「あれ、一学期はもう来ないんじゃなかったっけ？」

「ハハ、そのつもりだったんだけど、やっぱりこっちにいることにしたんだ」

「日本でヒマしてるっていうから、授業に来てって誘ったの」

「ヒマじゃないって言ってるのに、ユウコにゴーインに連れてこられたのさ」

外国の映画の登場人物みたいに、ニックは「やれやれ」という感じで両の手のひらを上に向けた。二人のやりとりがおもしろくてクスッと笑う。

ドイツ系アメリカ人のニックは、僕が一年生のころからＡＬＴとしてこの学校に来ている。岩ノ松町にある他の中学校のＡＬＴも兼任しているらしいから、ニックの授業を受けるのは二週に一回くらい。アメリカンジョークってやつを連発するニックの授業はなかなかおもしろくて僕は好きだ。ユウコ……じゃなくて三瓶先生はふだんからハキハキしていて、そんな二人のやり取りはボケとツッコミの漫才みたい。

「ケント、なにかいいことでもあったのかい？」

「えっ？　どうして？」

「ここに来たときからずっとニコニコしてる。ハッピーな感じ」

ニコニコなんてしてたつもりはないけど、笑っていたのかな。

するとニックはこっちに顔を近づけてきて、

「コイビトでもできた？」

と、小さな声で言った。

「はっ？」

思わず職員室にはふさわしくないボリュームの声が出てしまう。あわててペコペコと頭を下げた。

「そんなわけないし、そもそも、ハッピーでもなんでもないし……」

ゴニョゴニョとそう答えた僕に、ニックは「Ｓｏｒｒｙ」と謝ってくる。

職員室を出て、僕たちのクラスに向かう途中。三瓶先生には聞こえないような声で、

「恋の悩みだったら相談にのるからね」

と言って、すごくさわやかにほほえんだ。

そりゃあ、こんなにかっこいい顔をしているんだ。きっとニックは恋愛マスターみたいなもんだろう。

でも、違うんだよ。これは恋の悩みなんかじゃない。誰かに言ったらきっと、僕の学校

生活とかこの先のこととか、いろいろなことに影響が出てしまうんじゃないかと思う。

「……サンキュー」

弱々しく笑った僕の肩をニックはポンと叩いてきた。見上げると僕より三十センチくらい高いところに整った顔がある。脚だって長くてモデルのようだ。

すれ違った他のクラスの女子たちに「ニック！」と声をかけられて、ひらひらと手を振っている。女子たちはキャーッと顔を見合わせた。

ニックも小野も、完璧な人間だっていうところはなんだか少し似ていると思った。

日曜日の朝、起きてリビングに行くとテーブルには大きなお弁当箱が並んでいた。
「母さん、こんなに作ったの？」
「いいでしょ、お姉ちゃんの晴れ舞台だもん」
今日は高校二年の姉さんのバスケの試合を家族全員で見に行く日だ。会場は姉さんが通っている高校の体育館。高校生になってはじめてレギュラーとして試合に出るらしく、本人も家族も張り切っている。

会社の人からのゴルフの誘いを断ったのだという父さん。

食べきれないほどの弁当を作って、いつもより気合を入れて化粧をしている母さん。

応援の旗を僕たちのぶんも手づくりしていた、小六の妹・美紅。

そこに姉さんを入れた僕たち五人家族は、けっこう仲がいいほうだと思う。

この家の中で母さん・姉さん・美紅が言うことは絶対で、父さんはニコニコしながら三人のお願いを聞いている。

毎年夏休みには五人で家族旅行に行っているし、日曜日にこうして出かけることもしょっちゅうだ。親と出かけることが恥ずかしいって思ったこともあったけど、みんな楽しく笑ってるから、だんだんどうでもよくなった。

おだやかでのんびりとした家族。

女が多いけど、母さんたちが誰かの悪口を言っているのを聞いたことがない。

だから僕はずっと、「女の人は優しいもの」だと思っていた。

だけど今のクラスになって……いや、中学生になったあたりから、女子ってなんだか難しい存在だなって気づいた。

さっきまで仲良く話していた人の悪口を言ったり、ある日突然仲間外れにしてみたり。

男子同士だって決してケンカがないわけじゃないけど、カゲでコソコソ言うようなことは少ない。僕はわりと一人でいることが好きで、休み時間なんかは誰とも話さず本に熱中してしまうこともある。だけどクラスの男子はなにも言ってこないし、授業とかでグループを作るときは輪に入れてくれる。

たぶん、僕が女子だったら「暗いやつ」扱いされてるんだろうな。

『女子ってこえーよなぁ』

小野の発言が頭の中にポンと浮かんだ。

「お兄ちゃん、なんでちょっと笑ってんの？」

「はっ⁉ 僕、笑ってた？」

「うん、ちょっとだけ。なんかいいことあった？」

美紅に指摘されて、あわてて首を横に振る。

そんなわけない。

小野の顔を思い出しただけで口元がゆるんだなんて、ありえない。

僕は美紅のほうを見ないようにしながら急いで出かける支度をした。

「健都ー、美紅、そろそろ行くわよー」

大きな帽子をかぶった母さんが手招きしている。

もし僕の悩みを打ち明けたら、みんなは戸惑ってしまうだろうか。このおだやかな日々を壊したくない。そう思うと両親にも美紅たちにも、僕の悩みは言えるはずがなかった。

姉さんは試合でどんどん得点を決めた。

運動があまり得意じゃない僕にとって、スルスルと相手のディフェンスをかわしてシュートを放つ姉さんの動きは超人にも思えた。

「お疲れ様！　かっこよかったわよー！」

「お姉ちゃんめっちゃすごかった！」

試合後、体育館の外でキャーキャー騒ぐ母さんと美紅に、姉さんは「大げさだよ」と言って笑っている。

「健都、よかった。来たんだ！」

「来るよ、そりゃあ」

「ふふ、みんなわたしの弟が見たいって言ってたからさぁ。紹介していい？」

僕が返事をする前に、姉さんはチームメイトたちを呼ぶ。

自分と同じくらいかそれより背の高い女の人たちに囲まれて、なんだかドキッとした。

「かわいい！　真緒ちゃんに似てる！」

「彼女いないのー？」

「い、いないです」

「えーっ」っと、ナゾの反応。「細い」「白い」とかいろいろ言われて、でも最終的にまた「かわいい」と言われた。

　家で姉さんを見る限りでは気づかなかったけど、高校生って思っていたよりも大人っぽい。スプレーかなにかをしているのか、試合終わりなのにミカンやレモンのようないいにおいがする。タンクトップのようなユニフォームが体にぴったりと貼り付いているのを見て、僕はパッと目をそらした。

「真緒、父さんたち車で待ってるよ。帰りに駅前のほうに寄って買い物していこうかって話してたんだ」

　父さんがそう声をかけると、姉さんは「あー」と目を泳がせる。

　すると、僕を囲んでいた女の人たちが一斉に父さんのほうへ駆け寄った。

「真緒のお父さん、真緒は今日ダメなんです！」

「そう、うちらと帰るから！　ごめんなさい！」

　なんだかすごい気迫に押されて、父さんは一歩後ずさる。

「そ、そうなのかい？　それはしかたないな。楽しんでおいで」

「……うん」

姉さんは少しうつむき気味にうなずいた。

それがうそだと、僕にはすぐわかってしまった。

父さんと母さんが先に車にもどって、美紅が姉さんに駆け寄る。

「お姉ちゃん、彼氏と帰るんでしょ！　どの人⁉」

「シー、声おっきい！　……あれ、六番着てる人」

姉さんはこっそりと、男子バスケ部が使っているコートのほうを指さす。

ボトルを逆さにして水分補給をしている大柄の男子が目に入った。ビブスに書かれている背番号は六。一つ上の先輩なのだと姉さんは照れながら言った。

かなりがっしりしていて、なんというかゴツゴツした岩のような印象。目は切れ長で頬骨が張っていて髪は短い。

「……姉さん、ああいうのがタイプなんだ」

「別にいいでしょ！　それよりお父さんに言わないでよ？　彼氏いるなんて言ったら倒れちゃうかもしれないし」

確かに、父さんは姉さんと美紅のことをとても大切にしているから、ショックを受けるかも。わかったと約束して、僕と美紅は姉さんと別れた。

「なんか、優しそうな人だったね」

「うん」

彼氏か。高校生くらいになると恋人がいるのが普通なのかな。姉さんはテレビに出ているアイドルみたいな人が好きだと思っていたからちょっと意外だったな。

……正直、あの人より小野のほうがかっこいいよな。

それから僕たち四人は、少し車を走らせたところにある大きな駅のパーキングに車を停めて買い物をすることにした。

姉さんは県庁所在地の市にある高校に電車で通っているから、僕たち一家は今日「都会に遊びに来た」みたいな感覚だ。都会といっても東京とかに比べたら大したことないんだけど、岩ノ松町と比べたらやっぱり栄えている。

父さんの希望で電気屋を見て、母さんと美紅が洋服屋に行って。僕は大きい本屋で新しいペンケースと好きな作家の小説を一冊買った。

歩き疲れたから少し休んでから帰ろう。そんな父さんの声と、フラッペが飲みたいという美紅のリクエストでコーヒーショップに入る。

「わたし、やっぱ抹茶かな。お兄ちゃんは？」

「モカにする。頼んどいてよ、席取っとくから」

店内はわりと混んでいて、家族四人が座れるテーブルが空いているかどうかもわからなかった。

先に席を確保しようと店の奥まで行くと、見知った顔があることに気づく。

……ニック！

きれいな色の髪の毛、高い鼻。

友達だろうか、かっこいい長髪の外国人の男性と隣り合って笑う横顔は、間違いなくうちの学校のＡＬＴだ。

いきなり声をかけたら驚くかな。そう思いながら一番奥の席に後ろからそっと近づく。

聞き取れないくらい早口の英語でしゃべっているとわかった、そのときだった。

ニックの体が隣の男性のほうへ近づき、その指が、男性の指に絡まる。

そしてそのまま、二人はお互いの手を握った。

二人の手元は長髪の人の背中で隠れていて、こうやってのぞき込まない限りは見えない。そのうち、二人が銀色の同じ指輪をしていることに気づいた。

……それ以上のことは頭に入ってこなくて、僕はとにかく足音を立てないように気をつけながらその場から逃げる。

結局テーブルは一つも空いていなくて、僕たちは飲み物をテイクアウトして車にもどった。

コーヒー味のフラッペのはずなのに苦くも甘くもない。心臓がまだドキドキバクバクいっている。そのうちに美紅が僕の手からカップを取って「残すなら飲んでいい？」と聞いてきたから、黙ったままうなずいた。

ニックが男の人と手をつないでいた。

すごく親密そうに顔を寄せ合って笑っていた。

詳しいことはなにもわからないけれど、見てはいけないものを見てしまった気がする。

でも、もしかしたらニックの国、アメリカでは普通のことなのかな？

「LGBTQ＋」とか授業で習ったし、最近「パートナーシップ」という制度のニュースも見た。日本でもそこまでめずらしくないのかもしれない。

けれどこんな田舎じゃ、今まで実際に見たことも聞いたこともなかった。もし自分がニックと同じ行動をしたら、またたく間に近所のうわさになってしまうと思う。

ニックは、男の人が好きなのかな。

それっていったいどんな気持ちなんだろう。僕の小野への想いと似ているところもあるのだろうか。

あわてて逃げてきたくせに興味が尽きない。

ニックに会ったら直接聞いてみたいけど、なんて言ったらいいかわからない。

家に帰ってみんなで夕飯を食べて、お風呂に入ってテレビを観て、そして十一時半にベッドに入るまで、ニックの幸せそうな横顔が頭から離れなかった。

「長谷部ー、ここの訳ってこれで合ってる？」

週明けの昼休み、英語の宿題のプリントを持った小野が僕の席に訪ねてきた。

その瞬間、なぜかコーヒーショップで見かけたニックの顔が思い浮かんだ。

「あ。これ、僕も自信ないいんだよね」

自分のプリントを出して、それからタブレットでも教科書を開いて。なんとなく納得できない日本語に首をかしげる。

「show us that で、『わたしたちに見せる』だと思うんだけど……」

「だろ？　でもなんでここ『示してくれます』なんだろうな。変なの」

まじめな顔で口をとがらせる小野を意外だと思う。彼はここまで勉強に熱心だったかな。

英語が好きなのか聞いたら、「好きなバンドが海外進出したから、今の時代英語もできなきゃって思って」という答えが返ってきた。共感できるような、できないような理由。

でも小野らしいなと思った。

「そうだ。質問しに行こうぜ」

「え？　誰に？」

「ニックだよ。今日いるの見た。三瓶先生より聞きやすいじゃん？」

心臓がドキッと音を立てる。

ニック、学校に来てたんだ。今日は英語の授業がないからわからなかった。

小野と一緒にニックのもとへ行くのは、僕にとっては少し複雑な感じだ。どう複雑なのかはうまく言い表せないけど……。

プリントを持って立ち上がった小野の後ろをついて教室を出る。すると、

「二人とも、どこ行くのー？」

同じく教室から出てきた女子に呼び止められた。

声の主は遠藤咲さん。最近、クラスの中で孤立している女子だ。四人組が分裂して一人で過ごしている。

「ニックのとこに、わかんねー問題聞きに行くとこ」

小野の答えを聞いて、彼女は目を輝かせる。

「あたしも一緒に行くー！　ケンちゃん、いいよね？」

正直言うと、僕は彼女のことが苦手だ。いくら「ケンちゃん」と呼ばないでと伝えても、次の日には忘れたように元どおり。強引で、距離が近くて、声が大きい。

彼女がいたグループは、彼女のせいでバラバラになってしまったんじゃないかと思う。

でも、いくら苦手だと思っていても、「いいよね？」と聞かれて断る理由なんて見つからない。笑顔を作ってうなずこうとしたら、

「だめ。俺ら、まじめに質問しに行くんだから。遠藤、ぜったい騒ぐだろ」

意外にも小野がそう言った。

遠藤さんはポカンと口を開けて、それから苦笑いをする。

「やだなぁ、小野、あたしのことなんだと思ってんのよ。ちゃんと聞くって」

「んじゃあ、聞いてきた説明教えてやるから。それでいいだろ」

冷静な声色に、さすがの遠藤さんも黙ってしまう。小野は廊下にかかっている時計を見て「行こうぜ」と僕の肩を叩いた。

振り向くと遠藤さんは悲しげな顔で唇を噛みしめていた。

ふつふつと、知らない感情が僕の中に迫り上がってくる。

「……いいの？」

「なにが？」

「なにがって……遠藤さんにあんなふうに冷たく言って」

「いいんだよ。あいつ、最近ずっと引っ付いてきて、正直メーワクっていうか。今だって

どうせ教室で一人だから俺らについてきたかっただけだと思うし」

確かに彼女は、自分が女子グループといられなくなったあたりから小野にべったりだった。

遠藤さんは目が大きくてわりとハデな見た目をしていて、男子の間で「クラスでかわいい女子は誰？」なんて話をするときに名前があがることもある。だから男子の中では人気があるんだと思っていた。小野だって満更でもないんだろうな、って。

「小野、遠藤さんと仲いいから、付き合ったりするのかと思った」

「はぁ？　なに言ってんだよ。ありえねー。俺、もっと大人っぽい人がタイプ」

「……そっか」

それだけ言って、少しだけゆるんでしまった口元を隠す。

僕は今、小野が遠藤さんではなく僕のことを選んでくれたみたいでうれしいと思っている。

こんなふうに感じるのはおかしいってわかっているけど、それでも。

「長谷部は？　どんなやつがタイプ？」

「えっ……僕？」

「うん。好きなやつとかいねーの？」

ニヤニヤと僕の顔をのぞき込んでくる彼の形のいい目を見て、心臓が跳ねる。

小野のこと、かっこいいと思う。

顔も、ハッキリとした性格も、全部が。

これって「タイプ」とか「好き」ってことなのか？

それとも、こんなふうに男らしく生まれたかったというあこがれ？

固まってしまった僕の耳に「ノー！」と叫ぶ声が聞こえた。声をした窓の外を見て、小野が指をさす。

「あ。いた、ニック」

廊下の窓から中庭を見ると、女子生徒たちとバドミントンをしているニックの姿があった。ちょうど羽を落として、オーバーに頭を抱えているところ。点を取って喜んでいる女子は見たことがない顔だから後輩だろうか。

小野と一緒に中庭に出ると、ニックは僕に気づいて右手を挙げた。どうやら二年生らしい女子三人組は、僕たちに気を遣って自分たちだけでバドミントンをはじめた。

「ケント、と……コーヘイ！」

「ニック、俺の名前もわかるんだ」

「もちろん。三年生の人気者、クールでナイスガイだからね」

「なんだそれ。まぁ、覚えててくれてうれしいけど」

ハハハと笑うニックと小野だけど、僕の額には汗がにじんでいた。太陽直撃の中庭は確かに暑い。だけど、気温のせいじゃない。

「この宿題の訳、二人で考えてもわかんないから聞きに来たんだ。教えてくれる？」

まじめに授業の質問をした小野に、ニックは目を輝かせる。プリントをのぞき込んで解説をしはじめた。

「……だから、この show us that の show は『示してくれる』って意味だよ」

「あ、そうか。じゃあ『どんなことも可能であると示してくれる』って訳になるのか。納得」

「さすが、コーヘイは飲み込みが早い！」

「ニックの教え方が上手なんだよ。な、長谷部」

名前を呼ばれてあわててうなずくけど、正直、英訳のことは頭に入ってこなかった。

プリントの英文を指さすニックの指に、銀色の指輪が光っている。

頭の中がぐるぐる回って、今にも倒れそうな気分だ。

お礼を言って教室にもどろうとすると、「ケント」と呼び止められた。

「次の英語の授業のことで……ちょっといいかい？」

いつもニコニコと笑顔のニックが、まじめな顔をしている。僕は英語の教科係だ。小野はなにも疑うことなく、先に教室にもどっていった。

「昨日」

その一言で、バクバクと速くなる鼓動。

……昨日、コーヒーショップに僕がいたことにニックは気がついていたんだ。

「ご、ごめん。誰にも言わないから」

気づいたら、ほんの小さな声でそんな言葉が出ていた。さっきまで暑かったのに、今は汗が冷えて寒いと感じる。

あからさまに視線をさまよわせる僕を見て、ニックは口を開けて笑った。

「ハハハ。ケント、驚かせてしまったよね？」

「……！　ち、違う……ごめん。そういうわけじゃ」

「いや、いいんだ。ボクもあの辺で受け持ちの生徒に会うなんて思ってなかったから。驚かせてごめんって、謝ろうと思ったんだ」

ニックの言葉に目を見開く。嫌な態度をとってしまったのに、それでもニックはいつもどおり笑っていた。

昔、中庭には池があったらしく、その名残で大きな石がたくさん埋まっている。

ニックがそのうちの一つに腰かけたから、僕はその隣の石に座った。

「まぁ、たしかにびっくりしたけど……」

気持ちをうまく言えず、声が尻すぼみになる。昨日、コーヒーショップで見たニックの姿は確かに衝撃だった。でも、僕は……。

「……ニックは、あの人と、付き合ってるの？」

勇気を出して、青い目を見て聞いたら、ニックはすごくおだやかにほほえみながらうなずいた。

変だとか気持ち悪いとか、マイナスなことは思わない。どうしてだろう、むしろ「幸せそうでいいな」なんて感じたんだ。

「そっか。ラブラブだったね」

「うん。もう五年も付き合ってるからね」

「五年！　すごい。それじゃあ」

結婚するの？　と言いかけて、すんでのところでやめた。ニックの母国の法律がどうなっているのか、僕は知らない。

「すごいでしょ。ケントは？　コーヘイに片想い？」

ニックは僕の胸のあたりを指さして言う。思わず口がぽかんと開いてしまった。

「えっ⁉　な、なに言ってるんだよ。そんなんじゃ……」

あわてて否定するけどニックは優しい目でこっちを見てくるだけ。

心がまる裸にされてしまったみたいで恥ずかしくて、心臓の上あたりを手でぎゅっと押さえた。


小野に、片想い？


僕は確かに小野のことを『すてきな人』だと思っている。

彼はかっこいいし優しい。声をかけてもらえるとうれしくて、触られるとドキッとする。


「でも、僕は男だよ。小野も男。それなのに……」

そう言ってハッとする。これじゃあ、ニックたちのことも否定してしまう。ごめん、と謝るとニックは首を横に振った。


「たまたまなんだ。たまたま、ボクも彼も男だったってだけ。それだけのことさ。まぁ、たまに祝福されないこともあるけど……」

うつむいたニックの頬に長いまつ毛が影を落とす。もしかしたら、これまでに傷つくようなことを言われた経験があるのかもしれない。

それでもニックは自分の気持ちに正直に向き合っている。

もしも僕が女子だったら、迷いなく小野のことを好きになっただろう。僕は男として生まれたけど、小野のことが気になってしかたがない。

それは、男女の「好き」となにが違うのかな。

「ニックは、男の人が好きなの？」

「うん。はじめて恋をしたときから、そうだった」

「そっか」

きっぱり言い切るニックがなんだかまぶしく感じた。

改めて自分の心に向き合ってみると、すごくぐちゃぐちゃしていたことに気づく。

僕は、かわいい女子を見たら「かわいい」と思う。下着の線とか、胸のふくらみとか、そういうものを見て体が反応することだってある。

姉さんと妹がいるからよく少女マンガを読むけれど、それに出てくる女の子になりたいわけじゃない。化粧や女の格好をしたいとも思わない。「ちゃん」付けで呼ばれたり、「かわいい」と言われたりしてもうれしくない。

でも、例えば……そこに小野が関わってきたらどうだろう。

小野にかばってもらったり、優しくされたりするとドキッとする。そんなことでときめくなんて、まるで女子になったような感覚だ。

考えれば考えるほど自分が一体なんなのかわからなくて、胸のモヤモヤが大きくなっていく。

目の前にいるニックとも、少し離れたところでバドミントンをしているあの子たちとも、男らしくてかっこいい小野とも違う存在。

「僕って、いったい、なんなんだろう」

震える声でそう言った僕の肩をニックは優しく引き寄せる。今度はびっくりしなかった。

「なにに悩んでいるんだい？」

「……僕は男で、初恋は女子だったし、でも今は小野が気になってて、あいつの男らしいところにドキッとしてて。なんだかぐちゃぐちゃじゃない？　中途半端っていうか」

僕の悩みにニックは「うーん」と考えている。

「例えば、ボクの性的指向は『ｇａｙ』だ。心の性が男性で、好きになる相手の性も男性だからね」

「ＬＧＢＴＱ＋のＧ？」

「そう。でもケントは違うだろう？　同性も異性も好きになったことがあるなら、『bisexual』が近いかもしれない」

ニックはポケットから自分のスマートフォンを取り出してなにかを検索した後、画面を見せてくれた。英語の画面をわざわざ日本語に切り替えてくれたようだ。

画面には「バイセクシャル：性別にかかわらず、異性を好きになることもあれば同性を好きになることもある人」と書いてある。両性愛者。その上に「セクシャルマイノリティ」という文字が見えて心がチクッとした。マイノリティという言葉、なんだかマイナスなイメージがあるんだよなぁ。

「でも、もしこれから先、コーヘイ以外の人を好きになったとして、その人も男の人かもしれないよね。知らないうちに女子が恋愛の対象じゃなくなるかも」

「そんなこと……」

「絶対にないとは言い切れないさ。なにせ、未来がどうなるかなんて神様しか知らないんだからね」

ニックは授業中でもよく神様の存在を口にする。僕はニックのように神様を信じているわけではないけれど、未来がどうなるかわからないのはその通りだ。

「じゃあ、ニックの性自認ってやつは？」

「ボクは男性の体で生まれて男性として生きてきたよ。それは自分がゲイだと気づいてからも揺らいだことはない」

「……そっか。いいなぁ。僕も、ニックみたいにさっぱり決まってたほうがよかった。自分のことが自分でわからないなんて、なんだかモヤモヤする」

うなだれる僕の肩を優しくゆすって、ニックはほほえみながら言った。

「ケントはケントさ。自分が何者かなんて、焦って決める必要ないよ」

僕は僕。

そんな当たり前のことを言われているのに、なぜだか胸に響く。

「人生は長い。悩めばいいさ、若者よ」

「はは、なんだそれ」

ニックの不思議な言い回しの日本語に思わず噴き出す。ニックはたまに独特なことを言う。それがおもしろくてみんな笑うんだ。

恋人が男の人でも、男性しか好きにならなくても、ニックはニックだ。気さくでおもしろくてイケメンな、この学校のＡＬＴ。

「ねぇ、あの人と付き合ってるからアメリカに帰らないことにしたの？」

「Ａｈ……まぁ、彼が休みになるのを待って、一緒に帰ろうと思ってね」

そして僕とニックは、昼休みが終わるギリギリまで恋バナってやつをした。彼のことを話すニックは楽しそうで、本当に好きなんだなと思う。

まっすぐで自分にうそをつかないニックの想いはすてきだ。だからって僕も小野に気持ちを伝えよう、とはならないけど……少しだけ自分の気持ちに向き合う決心がついた。

「ホタルのボランティア、あと三人募集してます」

帰りのホームルームで、吉岡さんがクラスのみんなに呼びかけた。どうやら鈴木さんがボランティアのメンバーに加わったらしい。鈴木さんと同じグループだった遠藤さんはおもしろくなさそうに窓の外を眺めている。

あのメンバーじゃ、一緒にやりたいと思う人なんていないだろうな。少なくとも男子はぜったい参加しないだろ。……そう思っていたら。

「なぁ長谷部、ボランティア一緒にやらねぇ？」

「えっ!?」

放課後、帰り支度をしている僕に小野は声をかけてきた。

「びっくりしすぎ。ほら、男一人ってつまんねーしさ。長谷部優しいし、ボランティアとか向いてそうじゃん？」

優しいと褒めてもらえた。十数人いるクラスの男子の中で僕を選んでくれた。

そんな些細なことで頭の中に花が咲いたような気分になる。

「い、いいけど、どうしたの？　急に」

「んー？　ボランティアって先生ウケとかよさそうじゃん？　内申アップのためにやっておこうかなって」

「なるほど……」

内申とか、英語の勉強とか、最近の小野はなんだか将来のことに熱心な気がする。

「もしかして小野、志望校決まったの？」

「え、なんで？」

「最近勉強に一生懸命だし、今だって内申気にしてるし」

ああ、とつぶやいて、小野は斜め上を見上げた。そして少し照れたように頭の後ろを掻いて、「長谷部にならいってもいいかな」と言った。

「実は俺、卒業したら東京の高校に行こうと思ってるんだ」

……なにを言われたのかすぐに理解できなくて、ぽかんと口を開ける。

「こんな田舎、早く出たいと思っててさ。そしたら知ってる先輩が東京で就職するから下宿してもいいって言ってくれて。まぁ、まだ親には話してないんだけど、俺はそのつもり」

聞いてもいないのにスラスラと理由を話す小野はとても楽しそう。

小野が、あと数か月で東京に行ってしまう？

確かに彼にはこんな田舎に似合わないようなオーラがあるから都会でもやっていけると思うけど、まさか高校から行ってしまうなんて。想像もしていなかった展開に焦っている自分がいる。

「東京って、いろんな人がいるんだろうな。楽しみだわ」

「う、うん。そうだね」

「騒がれると困るから他のやつらには内緒な。そうだ、先生にボランティアの申込用紙もらいに行こうぜ」

他の人には内緒のことを僕にだけ打ち明けてくれた。それはうれしいけど、内容が衝撃的すぎてそれどころじゃない。だって、春になったら小野とは会えなくなるということだ。

そういえば今まで特に志望校を聞いたことはなかったな。でも、たとえ高校が別だったとしても、この狭い町に住んでいる限りは顔を合わせると思っていた。

「長谷部って虫飼ったことある？」

振り返った小野が言う。ざわめく心を隠しながら首を横に振った。

「いや……ないかな。どっちかというとちょっと苦手」

「えー、まじかよ。ガキんとき、虫とりとかしなかった？」

「うん。したことないかも」

母さんも姉さんも美紅も虫が苦手だから、家で虫を飼うなんて話題にあがったこともない。僕の返事に小野は目を丸くして「女子かよ」と笑った。

「俺はやっぱカブトムシ好きでさぁ。親父と山に罠仕掛けに行ったりしたっけ。バナナに酒かけて発酵させたやつを木に吊るしとくと、カブトムシがたくさん集まってくるんだ。カナブンも多いけど」

聞いてもいないのに懐かしそうに話す小野。いくつかのショックが入り交じって、適当にあいづちを打ちながら歩く。

ずっしりと重い気持ちのまま職員室に行くと、担任の森先生は驚きながらボランティアの申込用紙を探しはじめた。待っている僕たちをニックが自分の席から見ている。

僕と目が合って、サムズアップ。

ああ、違うよ。そんなハッピーな場面じゃないんだ。

小野は森先生から用紙を受け取ると、わざわざニックのもとへあいさつに向かった。僕はその後ろをしぶしぶついていく。

「あ、ニック。さっきはありがと」

「OK、わからないところがあったら、また二人で聞きに来てよ」

「やった、助かるー」

ニックは僕の恋を応援しているつもりなんだろうけど、それどころじゃない。今度二人きりで話すタイミングがあったら言わなきゃ……。

〝ヴー〟

ふと、ニックのデスクの上に置いてあったスマートフォンが小さく音を立てて震える。どうやらなにかメッセージを受信したらしく、画面が光っている。そこに映し出されていたのは、顔をくっつけたニックと彼のツーショット。三秒ほど表示されて、真っ暗な画面にもどった。

恋人との写真を壁紙画像にするなんて、ニックはきっと幸せなんだな。

ニックに挨拶をして職員室を出て、黙ったまま階段をあがる。

自分たち三年のフロアまで来たところで、小野は興奮気味に振り返った。

「なぁ、さっきの見た!?」

「え、なにが？」

「スマホ！　ニックの！　男とラブラブな感じで写ってたよな⁉」

　スマホの写真、小野も見ていたんだ。楽しい話をするときのような笑顔と、驚きが交ざったような顔。こんなにテンションが高い小野はめずらしい気がする。

「もしかしてニックって、『そう』なのかな⁉　俺、そういう人ってはじめて会った！」

『そう』って、同性が好きな人とか、同性同士で付き合っている人たちのことを指しているのかな。

　確かにこの町に同性のカップルがいるって話は聞いたことがない。こっそり付き合っているだけで本当はいるのかもしれないけれど。

「うん、すごく仲良さそうだったよね」

「な！　顔くっつけてたし。俺、ニックのこと結構好きだったのにショックだわー」

　苦笑いしている小野の言葉に目を丸くする。

　周りの色がすべて消えてしまったようで、床も壁も、小野の日に焼けた肌もモノクロに見える。大きな石で頭を殴られたような衝撃があった。

　今、彼は「ショック」と言った。僕の聞き間違いだったらいいのだけど。足を止めた僕を小野は振り返って不思議そうな顔で見てくる。

「どうした？」

「……ショックって、なんで？」

「ん？　だって、やっぱ男同士で付き合うとかありえないっていうか。ニックってせっかくイケメンなのにもったいなくね？　つーか俺とか長谷部のことだってそういう対象で見てるかもしんねーし」

　彼の口から出てくる言葉がグサグサと僕の心に刺さる。

ありえない、同性同士で付き合うのはもったいないと、小野はセクシャルマイノリティの人たちのことをそう思っているらしい。

　それに後半の発言はニックのことをバカにしているのと同じだ。ニックだって同性なら誰でもいいわけじゃないだろ。きっとあのパートナーがすてきな人だから、性別なんて関係なく好きになったんだ。

「それはさすがに言い過ぎ、だと思うけど」

　思わずそうつぶやくと、小野は首をかしげた。

「え。なんでかばうんだよ」

　理由を聞かれて息をのむ。もし、ここで「ニックの気持ちが少しわかるから」なんて打ち明けたら、小野にとって僕は「ありえない」存在になるんだろうな。友達じゃいられなくなって、卒業するまで二度としゃべることはなくなるだろう。

「かばうっていうか……ほら、授業でも多様性とか習ったのに、そこまで偏見持つなんて不思議だなって思って」

ごまかしと本音が入り交じった言葉が口から出た。僕の小さな声に口をとがらせた小野は、なぜかため息をついた。

「そりゃあ習ったけど、でも教科書の中のことっていうか。だってマイノリティっていうくらいだからめずらしいんだろ。俺のばあちゃん、テレビで同性で結婚したニュースとか流れると親不孝だなって言うしさぁ」

「なにそれ。同性同士だと子どもが作れないから？」

「そうじゃやね？　跡継ぎのこととか俺に言ってくるくらいだから。俺、一人っ子だしさ。親父も今から孫の話してくるんだぜ。嫌になるよな」

……小野の偏った考えにも、小野なりの事情があるのかもしれない。

いろいろと思うことはあったけど、さすがに友達の家族に文句は言えなくて唇を噛んだ。

でもやっぱり、マイノリティは普通じゃないのだろうか。

男は女を好きになって、カブトムシみたいな強そうな虫が好き。この町ではそれが当たり前なのか？

突然黙りこくった僕の顔を小野はのぞき込んでくる。その凛々しい二重まぶたの目でじっくり見られているのに、いつもみたいにドキッとしないのはなぜだろう。

「どうしたんだよ。てかお前、なんでそんなにまじになってんの？」

口の端をあげて、小野は僕の肩に手を置こうとする。

体が勝手にヒュッと動いて、気づくと僕は小野の手を避けていた。

「……長谷部？」

首をかしげる小野の顔を見上げる。悔しいと悲しいが交ざって、みぞおちのあたりが重い。

『たまたま、ボクも彼も男だったってだけ。それだけのことさ。まぁ、たまに祝福されないこともあるけど……』

少し悲しげなニックの声と言葉を思い出す。きっと、小野や小野の家族みたいな人の発言にニックは傷つけられたことがあるんだ。そう思うと勝手に涙が浮かんできた。

「は？　長谷部、泣いてんの？」

「…………」

「待って、意味わかんねーんだけど」

「ごめん」

今の「ごめん」は、小野にあてたものじゃなかった。

ごめん、ニック。『ケントはケントさ』と言ってくれたニックのことを、これ以上かばうことができない。だって僕はニックみたいにハッキリした立場じゃない。自分が何者かもわかっていないのに、ニックの立場になって小野を説得することができないから。

「小野って意外と視野が狭いんだね。東京でやっていけるの？」

結局、そんな嫌味を言うだけで精一杯。

「どういう意味だよ」と眉をひそめる小野に「別に」とだけ答えて、僕はその場から走り去った。

なんだよ。東京に行くくせに、この辺の価値観にとらわれてるのかよ。『幻滅』ってこういうことだったのかっていうくらい、気持ちがみるみるしぼんでいく。

ただの友達がちょっと嫌なことを言ったくらいで、きらいになんてならない。

小野のことを好きだって思っていたからこそ、ショックだったんだ。

でも、この想いは、「ありえない」。相手にそう言われたらおしまいだ。自分を否定されることがこんなに苦しいなんて知らなかった。

「……っ」

涙が勝手に流れてくる。

ヒナコちゃんが転校したときと同じ、いや、それ以上に悲しい。人生二回目の失恋だ。

次に好きになる人も、小野みたいながっしりとした男子なのだろうか。

それとも、ヒナコちゃんみたいに髪がきれいで笑顔のかわいい女子？

できれば男子を好きになるのはもう避けたい。また小野のような考えの相手だったら傷つくし、想いが叶うことなんてないだろうから。

自分の恋愛の対象がわからないなんて、僕はいったいなんなんだろう。

小野が追いかけてこないことにホッとしつつ、僕は一人になれる場所を探した。カバンは教室にあるけれど、取りにもどったら小野と会ってしまうと思ったからだ。

とぼとぼと歩いてやってきたのは図書室。校舎の端にあって人気の少ない図書室の扉を開けると独特の香りがした。本や紙のにおいか、もしかしたらホコリのにおいかもしれないけれど、僕はこの空気がきらいじゃなかった。

「僕」についての答えは、この図書室の本の中に書いてあるのだろうか。

はなをすすりながら【ヤングアダルト】と書かれた棚のそれっぽい本がありそうな段を眺める。

震える手で背表紙に『ＬＧＢＴＱ＋』と書かれている本を手に取った。こっそり読める場所を探して図書室の奥へ行くと、窓際のソファーに座って一人で本を読んでいる女子生徒がいて思わず足を止める。

分厚いレンズのメガネと二つ結びの髪。クラスメイトの吉岡さんだ。

軽く足音を立ててしまったから、彼女は顔をあげてこっちを見た。しまった、今まで一度もロクに話したことがないから気まずい。

……と思ったのは僕だけだったみたいで、吉岡さんは目線を本へともどした。どうやら僕と話すつもりはないようでホッとする。こんなぐちゃぐちゃの顔と鼻声で、誰かと話したくなんてない。

ズビッ。いくらはなをすすっても、勝手に鼻水が出てくる。泣くって面倒な現象だよな。ズボンのポケットにはハンカチしかなくて、これではなをかむかどうか迷っていたら。

「あげる」

吉岡さんは立ち上がって僕のそばまで来ると、ポケットティッシュを差し出してきた。

僕がすぐに受けとらなかったから、近くの窓枠に置いてソファーへともどっていく。

「あ、ありがとう」

クラスが同じっていうだけの僕にティッシュをくれるなんて、彼女は意外と優しい人なのだろうか。イメージと違ってびっくりしたけれど、ありがたく使わせてもらってはなをかむ。ズー、と情けない音がした。

「まだ何枚か入ってるから返すよ」

「いい。全部あげる」

「……そう、ありがとう」

　周りの評判どおり、とっつきにくくてなにを考えているかわからない人だと思った。

彼女の手元には有名な昆虫記があって、中学校の図書室にもその本があるんだとちょっと驚いた。

「なに？」

「いや、ごめん。その本、懐かしいなと思って」

「…………」

　吉岡さんはこっちを見ているのになにも言ってこない。ここにいても気まずいだけだから立ち去ろうと思って、彼女の視線も僕の手元に向いていることに気づく。

「あ！　違うんだ、これは。興味本位というか、僕には関係なくて」

　持っていた本をあわてて胸に抱え込んで隠す。思わず大きい声が出てしまって、遠くのカウンターのほうから、図書委員がゴホンと咳払いするのが聞こえた。

「いや、そんな必死に言い訳しなくていいよ。わたし、長谷部くんがどんな本を読んでても、どんな人でも興味ないし」

　あわてる僕の様子がおもしろかったのかほんの少しだけ笑ってそう言った彼女は、すぐにハッとしたように口をつぐんだ。

　なぜか「ごめんなさい」と謝られたけれど、僕の頭の中には『長谷部くんがどんな人でも興味ない』という言葉が強く残った。ああ、この人はきっとニックの恋人が男の人だと知っても「興味ない」って言うんだろうな。

「……世界中のみんなが、吉岡さんみたいな考えだったらいいのに」

　口から出てしまった本音に、吉岡さんはピクリと眉をあげる。

「なにそれ」

「いや……これは変とかありえないとか、なにが普通なのかとか……全部、誰かと比べて言ってるわけじゃん。みんなが他人のことを気にしなくなったら比べることもなくなって、いろんな悩みもなくなるんじゃないかって思って」

　言いながらこぶしをぎゅっと握りしめる。誰にも打ち明けられなかった思いが反動のようにスルスルと言葉になって出ていく。

　もう一人で抱えていられない、誰かに聞いてほしい。その相手に吉岡さんを選んだのは、彼女が僕に興味がなくて、なにを話しても誰かにおもしろおかしく話すような人じゃないと思ったから。

　急に西日が差しこんできて、吉岡さんはぎゅっと目をつむる。メガネの上からでもわかるくらいまつ毛が長いなんて知らなかった。そういや小野、好きなものを貫いてる吉岡さんのことをすごいって話してたっけ。『大人っぽい人がタイプ』とも言っていたから、もしかしたら、どこか達観している吉岡さんみたいな人が好きなのかな。

「……ちょっとわかる。わたしはわたしだから、誰かと比べて評価しないでって思う」

　一匹狼っぽい彼女が弱音っぽい言葉をはいたのが意外だった。それも、特に仲がいいわけでもない僕に。

「吉岡さんも悩みがあるの？」

　そう聞いたら、今度はキッとにらまれてしまった。どうやら詳しく話すつもりはないみたいだ。

「ごめん。でも、普通って難しいよね。僕もさ、自分が普通なのかどうかわからないんだ」

「そう？　わたしの目からは、だいぶ普通に見えるけど」

「うーん……」

　うつむくと、自分が持っている本の表紙が目に入った。

ここまで話したんだ、吉岡さんならきっと聞いてくれるだろう。

「実は、自分の恋愛の対象がよくわからなくて。前は女子が好きだったけど、最近はお……ある男子のことが気になってたんだ。でも別に女になりたいわけじゃないし、かわいいって言われてもうれしくないし。それなのに好きなやつの男らしいとこにドキッとしたりして、そういうときは自分が女みたいで」

グダグダと言い訳みたいなものを並べる僕を無表情で見てから、吉岡さんは立ち上がった。そして、何冊かの本を持ってもどってくる。『ＬＧＢＴＱ＋』とか『性』とか『心と体』とか、そういう文字が目に入った。

「そんなに悩むくらいだったら、もっとよく調べたらスッキリするんじゃない」

怒らせちゃったのかと思ったけど、吉岡さんは僕の隣で本を開いて読みはじめた。どうやら一緒に調べてくれるつもりらしい。

ニックが言っていたように『バイセクシャル』というのは『性愛感情が男女どちらにも向く性のあり方や人』。

『クエスチョニング』は『自分の性自認や、性的指向が定まっていない人』。

『セクシャル・フルイディティ』というのは『周りの状況によって性自認も性的指向も変わることがある』という性の性質らしい。その中でも、性自認が流動的な人を「ジェンダー・フルイド」、性的指向が流動的な人のことを「セクシャル・フルイド」と呼ぶのだと書いてある。授業でも習わなかったし、はじめて聞く言葉だ。

「うーん、このセクシャル・フルイドとバイセクシャルはどう違うのかな」

「たしかに、どっちも性的指向がそのときどきで変わる人のことだよね」

「でも別なんだろうから、世の中にはいろいろな人がいるんだ。わたし、自分は物知りなほうだと思ってたんだけど、知識不足だった」

どこか悔しそうな吉岡さんは、「もっと調べたいからこの本借りる」と言った。

僕も帰ったらスマホで詳しく調べてみよう。抵抗なくそう思うことができた。

「あのさ。長谷部くんの言ってること、わたしはそこまで変なことじゃないって思ったけど」

「えっ」

「だってわたしたち、たぶんあと七十年くらい生きるんだよ？　今がすべてじゃないんだから、気にしてたってしかたないんじゃない。だからその……今そんなに悩むことじゃないと思う」

僕のことを励ましてくれてるんだとわかるまでに、五秒くらいかかった。吉岡さんはきっと言葉選びがとっても下手なんだ。せっかく物知りで優しい心を持っているのに、もったいないなと思う。

「……ありがとう」

不器用な励ましだけど、彼女に相談してよかった。小野にとっては『ありえない』けど、吉岡さんにとっては『別にいいじゃん』。意見が一対一だ。もしクラスのみんなにこの多数決をとったら『ありえない』が勝つんだろうけど、そうじゃない意見が一つでもあることがうれしかった。

「？　そのお礼は、なにに対して？」

「うーん……いろいろ」

「いろいろじゃわからない」

「じゃあ、話聞いてくれてありがとう」

「どういたしまして」

少しうれしそうな顔をしたのが印象的で、このまま吉岡さんともっと話してみたいと思った。話題を探していると吉岡さんの手元にある虫の本に目が行く。

「吉岡さんはさ、カブトムシ好き？　飼ったこととかある？」

小野の顔と声を思い出す。胸の辺りがちくりと痛んだ。

「大好き。幼虫から育てたこともある」

「えっ。すごいね」

女子でもカブトムシが好きで、育てた経験がある人だっている。小野が聞いたら驚くかな。いや、『吉岡だからな』と例外にするかも。

「すごくない。失敗しちゃったから」

「失敗？　なにを？」

「育てるのを。羽化不全になっちゃって、はねがぐちゃぐちゃのカブトムシが生まれた」

その時のことを思い出しているのか、吉岡さんは悲しそうに唇を噛む。

はねがぐちゃぐちゃのカブトムシは飛ぶことはもちろん木に登ることもできず、羽化してまもなく土の上で死んでしまったのだそう。

「カブトムシは蛹のとき、蛹室って呼ばれる空間を作ってその中で羽化するんだけど、蛹室が壊れるともう同じものを作れずに羽化不全になったり成虫になれず死んじゃったりするんだって。わたし、たぶん待ちきれずに土を触ったりしてたんだと思う。あの時は本当に悲しくて、しばらくご飯も食べられなかった」

　ご飯を食べられないほどショックだったなんて大げさに思えるけど、きっと本当なんだろうな。高校生になったら刺激を与えず育てられるような環境を整えて、また育ててみたいと話してくれた。ただ落ち込むのではなく、もう一度挑戦する目標を抱いているのが吉岡さんらしい。

「応援するよ」

そう言ったら、吉岡さんは少しだけ目を輝かせた。

「長谷部くんも一緒にやる？」

応援＝手伝うと変換されたのだろうか。その提案に思わず顔をしかめてしまう。

「うーん……僕、カブトムシって探しに行ったことも育てたこともなくて、正直、触れる自信ない」

「そっか。それじゃあしかたないね」

「驚かないの？　男で、しかもこんな自然いっぱいの町に住んでるのに、カブトムシを触れないなんて」

男子はカブトムシを好きだって思ってる人が一定数いる。オスには強さの象徴みたいな角があるからだろうか。そのくせメスは大きいゴキブリみたいで人気がなくて気の毒だなぁってこっそり思っている。それを伝えると吉岡さんは興味深そうにうなずいた。

「そりゃあ、わたしは虫を苦手な人の気持ちは理解できないけど。でもみんながみんな虫を好きじゃないってのもわかってるつもり。長谷部くんの意見も参考になるよ」

これから論文でも書くのかというような口調がおもしろい。吉岡さんならいつか本当に書いて発表して、『世紀の大発見』とか新聞に載りそうだけど。

「それに、男なのにカブトムシを触れない長谷部くんが変なら、女なのに虫を好きなわたしも変ってことになる」

「あ。そっか。ごめん」

「いいよ」

「僕の中にも無意識に偏見があったのかも。そのぶん虫はさ、オスとかメスとか遺伝子できっぱり決まってていいよね。悩むことはなさそう」

場を和ませるつもりで虫の話題を出してみた。虫がなにか考えているかどうかはわからないけど、と苦笑いする僕に、吉岡さんは大きく瞬きをした。

「長谷部くん、『雌雄モザイク』ってわかる？」

「しゆう？」

「メスとオスって書いて雌雄。……ちょっと待ってて」

分厚い昆虫図鑑を持ってきた吉岡さんは、まるでどこになにが書いてあるかすべて把握しているように目次も見ずにページをめくる。広げたページには、メスのカブトムシの写真が載っていた。

「メスって思ったでしょ。これ、右半分がオスで左半分がメスなんだって」

「えっ？」

一見、角が生えていないメスのカブトムシだと思ったけれど、よく見ると頭にほんの少しだけ出っ張りがある。それに、右半身が赤茶色っぽくて左半身が黒い。

「一つの体の中にオスとメスの特徴が交ざり合ってることを『雌雄モザイク』っていうの。カブトムシだけじゃなくて、クワガタやチョウやセミやハチも発見されてる」

「へぇ……はじめて見た。なんでこうなるの？」

「染色体とかホルモンの変異によるもので、鳥とかも発見されてるんだけど、やっぱり昆虫が多いんだって。昆虫には性ホルモンがないっていうのが定説なんだけど、この雌雄モザイクが多く発見されていることで昆虫にもホルモンがある説を唱える学者さんもいるんだ」

火がついたようにブワーッとしゃべりだした吉岡さん。図書委員の人がまた咳払いをするのが聞こえた。

あまりの熱量に圧倒されながら、世の中には知らないことがたくさんあるんだと感じる。

「長谷部くんは遺伝子できっぱり決まってるって言ったけど、雌雄モザイク個体のハチに女王蜂を提示する実験があったんだって」

「提示？」

「うん。二匹を同じ空間に置いて交尾するかどうか。でも通常の雄の場合とは違って交尾はしなかったらしい。実験に用いた個体は左右でモザイクだったんだけど、見た目だけじゃなくて、機能面でも左右で雌雄が異なっていたことになるって研究結果を読んだよ」

「へぇ」

人間も、虫も、そんなに簡単じゃないらしい。

もしかしたら雌雄モザイクの虫は、自分がオスかメスか悩んだりしてるのかな。

「そいつも、生きづらそうだよね」

「……たしかに。自然界ではどんな扱いなんだろう」

「うーん。ちょっと心配だな」

「長谷部くん、虫の気持ちになれるんだ」

そう言われて思わず笑ってしまう。吉岡さんと話していたから似てきたのかな。特に興味はなかったはずなのに、虫について話すのは不思議と嫌ではない。きっと、吉岡さんの話がおもしろいからだ。

「でも染色体の変異って、異常ってこと？」

「まぁ、エラーみたいなものって書いてあることも多いけど……」

吉岡さんはいったん言葉をくぎって、そしてまっすぐ僕のほうを見て、

「そうだとしても、わたしは、これも個性だと思うんだ」

と、つぶやいた。

どんなに周りと違っていても、それはその生き物の個性。そう言える吉岡さんはすごい。

「僕、こいつ見てみたいな」

「え。長谷部くん、カブトムシ触れないんじゃなかったの？」

「……頑張るよ」

「もし見つけたら大発見だよ。新聞とかに載るかも」

「えー、そのレベルなの？　それはちょっと恥ずかしいなぁ」

僕はまだまだ、揺らいでいる。答えは見つからないし、家族にも言えないけど、この先どんな結論に至っても『僕は僕』だ。

「ねぇ、僕もホタルのボランティアやろうと思ってるんだ」

「えっ？　本当に？」

「うん。今、決心ついた」

虫かごや網を買ってこようかな。夜のうちに山に入って罠を仕掛けようか。小野は僕と

一緒じゃ参加しないって言うかもしれないけど、たとえ男子が僕一人でもやってやる。

世紀の大発見をするのは吉岡さんじゃなくて僕だったりして。

「もしかして、ホタルじゃなくてカブトムシ目当て？」

そう聞かれて小さくうなずくと、吉岡さんは驚いた顔をした。

【カブトムシ】
分布……日本全国
時期……6月～9月
体長……27mm～55.6mm
低地から低山地の雑木林に多く生息。夜行性で、クヌギやコナラといった広葉樹から染み出る樹液を好む。実はまぶたがなく、目は常に開きっぱなしの状態。

アブラゼミ

自慢っぽく聞こえるかもしれないけど、俺は小さいころから女子にモテた。

はじめて告白されたのは幼稚園のときで、そんなの数に数えないっていうなら次は小三のときだった。親父ゆずりで背が高くて、母さんゆずりで目が二重なのが女子ウケするポイントらしい。

ちなみに俺の親父はこの町で一番大きい石屋である『小野石材店』の社長だ。墓造りとか、金持ちの家の石の壁を整えたりとか、そういう仕事をしている。社長なだけあっていつも堂々としていて怖いもんナシ。酒が好きで怒りっぽくて自分中心なところはきらいだけど、周りを引っ張っていくタイプなのは受け継いでる。

「かっこいい」「頼れる」「好き」。女子からそう言われるのは素直にうれしい。友達として男子から頼られるのも悪い気はしない。つまるところ、俺は人気者でいたいし、クラスでそういうポジションになるように振るまってきた。

……だから、

『それはさすがに言い過ぎ、だと思うけど』

『小野って意外と視野が狭いんだね』

さっき、あのおとなしい長谷部健都がはじめて俺に言い返してきて、結構びっくりした。

あいつが怒ったきっかけは、俺がニックのことをバカにしたから。

うちの学校のALTのニックは、どうやら男と付き合ってるっぽい。

つまり男同士でキスとかするわけだろ？　恋愛の対象が同性の人がいるっていうのは、授業で何度か習った。でも正直、本当にいるんだなぁ、っていう感想。ニックはめちゃくちゃイケメンなんだから、どんな美女とも付き合えると思うのに。

『早くお嫁さんもらって若いうちにたくさん子どもを作れ』が口癖のうちのばあちゃんがニックのことを知ったら、ぐちぐち言いそうだな。学校に電話をかける可能性もある。それは恥ずかしいから家では黙っておこう。

泣きそうな顔で『ごめん』と謝ってきた長谷部の顔を思い出す。どこか傷ついたような顔をしていた。でも俺、あいつが傷つくようなことを言ったかな。

モヤモヤしながら自分の荷物を持って学校を出る。教室にはまだ長谷部のカバンがあったから校舎のどこかにはいるんだろうけど、探す気にはなれなかった。

明日学校で会っていつもみたいに絡めばきっとウヤムヤになるだろ。あいつだってクラスで特に仲がいい友達いないみたいだし、俺と気まずくなったら困るに決まってる。

「小野っ、今帰り？」

校門を出て一つ目の電柱の角を曲がったところで後ろから声をかけられた。う、この声は。

嫌な予感がしながらも振り向くと、声の主はやっぱり同じクラスの遠藤咲だった。遠藤は小走りで駆け寄ってきて俺の横に並ぶ。

「偶然だね、途中まで一緒に帰らない？」

本当に偶然かよ、という言葉が喉まで出かけたけどそこでやめておいた。余計なことを言ってもし泣かせてしまったら面倒だから。

「……遠藤って家どっちだっけ」

「うち？　大浜のほうだよ」

「ふーん」

ラッキー、俺の家とは完全に逆方向。次の次の角にある郵便局の前の分かれ道でサヨナラだ。朝、小雨が降っていたから歩いて登校してきたけど、あのくらいの雨だったら自転車で来ればよかった。たまには歩いてみるかなんて思った朝の自分を責める。

「ねぇ、あたし聞いてないんだけど。問題の説明」

「は？　なんの問題？」

「えー、昼休みに言ってたじゃん。ニックのところにわからない問題聞きに行くって」

「あー……」

そういや昼休み、ニックのところに一緒に来ようとした遠藤に『聞いてきた答え教えてやる』なんて言ったんだっけ。そんなのすっかり忘れていたし、その後に衝撃的なことがあったからそれどころじゃない。

「あの問題、show us that の show は『示してくれる』って意味だから、『どんなことも可能であると示してくれる』って訳だってよ」

「？　ふーん。そうなんだ」

ヘラッと笑いながら首をかしげる遠藤を見て、英語の問題なんてどうでもよかったんだとわかった。まじめに説明をして損した気分だ。

「ニック、かっこいいよねぇ」

「……まぁ」

話題が問題のことじゃなくてニックのことに切り替わってしまって、内心ドキリとする。かっこよくて話もおもしろいニックをＡＬＴとして慕っていたけど、今はそんなふうには思えない。つい微妙な反応をしてしまったのを、遠藤はよくわからない方向で捉えたようだった。

「大丈夫だよ、小野も十分かっこいいから」

笑いながら俺の肩をパシッと叩く。遠藤はなにかと俺の体に触ってくる。そりゃあ好きな女子から触られたらうれしいけど、俺は特に遠藤のことが好きってわけじゃないからただ痛いだけだ。

「……小野、なんか怒ってる？」

「え？　怒ってないよ」

「うそだぁ。いつもより冷たいもん。あたしなんかした？」

長谷部とのことでイライラはしていたけど、遠藤に怒ってなんかいなかった。それなのに、そんなふうに詰め寄られると余計にイライラしてくる。

「やっぱり、昼休みについていこうとしたから怒ってるの？」

「うるさいな、怒ってないっての！」

つい大きな声が出てしまって、遠藤の肩がびくっと揺れる。あ、まずい。女子を怒らせたり泣かせたりすると、面倒なことになるって決まってるのに……。

案の定、立ち止まった遠藤の大きな目には、みるみる涙が溜まっていった。

「そんなに怒鳴らなくてもいいじゃん……」

俺の親父が本気で怒鳴ると耳がキーンってなるけど、それと比べたらこんなの怒鳴ったうちに入んないよ。そんな気持ちを押し殺しながら遠藤をなだめようとする。

「ごめんごめん、つい。まじで怒ってねーから。な？」

さっきから同じ中学のやつらがちらほら俺と遠藤のことを追い抜かしていくけど、そのたびに視線が痛い。男女でケンカしてるなんて、狭い学校で盛りあがるうわさの鉄板ネタだ。

「ほんと？」

「うん」

「よかった。あたし、小野にはきらわれたくないから」

チラッ。上目遣いでじっと見られて、嫌な予感がした。きっと俺が「なんで？」と聞いてくるのを待っているんだろう。なにも言わないで歩き出そうとすると、左の袖をぐいっと引っ張られた。

「……あのね、気づいてるかもしれないけど、好きなの。小野のこと」

嫌な予感が的中して、さすがに足を止めるしかなかった。中学に入って何回目かの告白、しかも同じクラスの女子。返事の仕方に迷うな……。

「ありがと」

「！　じゃあ……」

「でも俺たち、受験生じゃん。今はそういうの考えてないっていうか、それどころじゃないじゃん？　だから普通に友達でいようぜ」

なるべく当たりさわりのない言葉を選んだつもりだった。だけど遠藤の頭の中は相当お花畑のようで、思ってもみない返事が来てしまった。

「じゃあ、受験が終わったら付き合ってくれる？」

「はぁ？」

やば、びっくりしすぎて呆れ声が出てしまった。いやいやいや、どうやったらそんな結論にたどり着くんだよ。傷つけないように断ってるんだからわかってくれよ。

「……いや、それは違くね？」

「なんで？　小野、あたしのことさらい？」

「そういうわけじゃなくて……」

「もしかして、好きな人いるの？」

ギクッ。今度は俺の肩が跳ねる。それと同じくらいのタイミングで、ポケットに入れていたスマホが〝ヴ――〟と長めに震えた。このバイブの設定は、もしかして。

「ごめん俺、急いで帰んなきゃ。とにかくごめんな」

胸の前で手を合わせて謝って、小走りで帰ろうとする。「待って」と大きな声が聞こえた。

「ねぇ！　好きな人ってまさか、吉岡のことじゃないよね？」

振り返ると遠藤はまじめな顔をしていたから、俺は首をかしげる。

「またそんなこと言ってんの？　違うよ」

同じクラスの吉岡蛍子の〝東京から来た〟っていうステータスは魅力的だからよく話しかけるけど、虫オタクで外見も地味な彼女のことをそういう目で見たことはない。

「じゃあ」と小さく手を挙げて、今度こそ振り返らずに走った。郵便局の曲がり角を越えて遠藤がついてきていないことに安心しながら俺はスマホを取り出す。本当は学校に持ち込み禁止だからカバンで隠しながらこっそりラインをチェックした。

【六時に駅前のコンビニ集合〜】

グループラインに届いたそのメッセージとアイコンを見て、思わず口元がゆるむ。

今は四時半だから、急いで帰ればシャワーを浴びる時間もあるな。ああ、やっぱり自転車で来ればよかった。息を切らしながら家まで帰って、一日分の汗を流す。ばあちゃんは夕方の時代劇に夢中だから声をかけるのはやめておく。奮発して買った五千円のTシャツと細身のデニムを身につけて、柑橘の香りがするワックスで髪を整えた。

「あら航ちゃん、おしゃれしてー。どこさ行くの？」

げ。家を出た途端、隣の家のおばさんに捕まってしまった。どうやら犬の散歩をしてきた帰りらしい。まるまると太った柴犬の吾郎が俺の足もとに寄ってきたから、デニムに毛がつかないようにさりげなく避けた。

「はは、ちょっと友達と」

「そう。学校の友達？　あんまり遅くまで遊んでお父さんやお母さんに心配かけちゃだめよ？　立派なお家の跡取りなんだから」

おばさんは俺の家の裏にある加工場をチラッと見ながら言う。ただの隣人なんだから関係ないだろ。俺は小さいときからお節介でうわさ好きなこのおばさんがきらいだった。

「それより知ってっかい？　最近岩工荒れてるって。この間も駅の近くで騒いでて、やかましいこと。航ちゃんも岩工行くならあんなふうにならないでね」

「はは、そうっすね。じゃあ急いでるんで、また」

悪いけど話している時間がないから無理矢理切り上げると、おばさんは不満そうに口をとがらせていた。うちの母さんに会ったら「最近の航ちゃんは態度が悪い」なんてグチグチ文句言うだろうな。ごめん、母さん。

おばさんが言っていた岩工っていうのは、この町にある岩ノ松工業高校のことだ。通学しやすいし偏差値も高くないから、岩ノ松中に通っている男子の二割くらいはそこに進学する。親父が岩工出身だから一人息子の俺も岩工に進学して、ずっと実家で暮らして、そのうち石屋を継ぐ。俺の家族も隣のおばさんも、当たり前みたいにそう思っているらしい。

……俺は、この田舎町のそういうところがきらいだ。生まれたときから人生の選択肢が限られていて、子どもの将来や生き方を決めつけてくる大人がいる。

大人たちの思いどおりになんてなりたくないし、やりたくもない仕事を一生やるなんてごめんだ。だからなるべく早くこの町を出て東京に行く。都会はきっと楽しくて、たくさんの選択肢が広がっているはずだ。

それに俺には『絶対に東京に行きたい理由』がある。

その『理由』に会うために、俺は駅までの道を急いだ。

駅前のコンビニの前には、何人かの高校生がたむろしていた。

「あっ、来た来た。航平～」

その中でたった一人の女性・莉彩さんは俺に気づいて大きく手を振ってくれた。それだけで胸がドキッとして、シャワーで流したばかりの汗がまた背中をつたう。

「……っす。早いっすね」

「うちらもさっき来たとこだよ～。ね、タクト」

「ああ。レンが再・再試験なんかになるからこんな時間になったんだよ。バカじゃねーの」

「うるせーな。タクトも莉彩も再試験だっただろ。変わんねーって」

岩工に通っているタクトさん、レンさん、莉彩さんは三つ上の高校三年生だ。もともとタクトさんとは小学校のスポーツクラブが一緒でそこからずっと仲良くしてもらってる。去年レンさんと莉彩さんを紹介してもらって、こうして三人で遊ぶときにたまに俺も交ぜてもらえるようになった。タクトさんの茶髪はかっこいいし、レンさんのピアスにもあこがれてる。そして莉彩さんは、髪が長くてふわふわでかわいくて大人っぽい。まあ三つも年上なんだから当たり前なのかもしれないけど、やっぱり学校にいる女子とは全然違う魅力がある。

「ねぇ航平、ティックトックにあげる動画撮りたいんだけど、スマホ持っててくれない？」

「いいっすよ」

小走りで河原へ移動する莉彩さんを追いかける。

スマホを受け取るときに長い爪と指先がほんの少しだけ触れてびっくりしたけど、なんでもない感じをよそおった。

今高校生の間で流行っているらしい曲と踊り。ピコピコしていてよくわからないけど、踊る莉彩さんはまるでアイドルみたいにかわいい。撮影が終わってから「航平、撮るのが上手」と褒められてつい照れてしまった。

……そう、この人が俺の好きな相手。だけど彼女は来年の春に高校を卒業したら、東京の専門学校に行ってしまうのだという。

莉彩さんにとっては中学生の俺なんてガキだろうから告白する勇気も出ないし、「東京に行かないで」と言う権利もない。たとえ権利があったとしても、莉彩さんのことを引きとめたら、俺がきらいなこの町の大人とやっていることが同じになってしまう。

だから俺も東京へ行く。

東京の会社に就職が決まったらしいレンさんが、『もし航平が東京の高校に入るなら俺のアパートに住んでいいよ』と言ってくれた。カタブツ親父をどう説得するかは未定だけど、ぐっと成績をあげてこの辺の人でも名前を知ってるくらい有名な学校に入ったら、親父にとっても『東京のいい学校に入った自慢の息子』になって反対されないんじゃないかと思っている。

キラキラに加工してティックトックにアップしたダンス動画にはすぐにたくさんの《いいね》がついたらしく、莉彩さんは喜んでいる。負けじとタクトさんとレンさんも動画を撮りはじめた。

「きゃっ」

ふと、莉彩さんが小さい悲鳴をあげて飛び上がった。俺の左腕に軽くしがみついてきて心臓の音がバクバクと速くなる。さっきシャワーを浴びてきて本当によかった。

「うぉっ、セミバクダン」

「死ぬの早くね？　まだ夏になったばっかだぞ」

タクトさんたちがのぞき込んだ地面には、仰向けになって動かないセミの死体が落ちていた。死んでいると思って近づくと実はまだ生きていて動くこともあるから、このへんの人たちはひっくり返ったセミのことを『セミバクダン』と呼んでる。こいつ、まだ七月なのにもう死んじゃったのか。短い一生を精一杯鳴いて過ごすセミって、かわいそうだけどなんだかかっこいいって思うのは俺だけかな。短く太く、やりたいことをやる。俺もそんな一生を過ごしたい。

「動くかな。こいつ撮って載せようぜ」

タクトさんがスマホを構えて、レンさんが木の棒でセミを突く。その瞬間〝ジジジジジ〟と大きな音を立ててセミは地面の上を暴れまわりはじめた。どうやらまだ生きていたらしい。

「やだー！　やめてよ！」

莉彩さんの手にぎゅっと力が入る。より近くなって、香水かなにかのいいにおいがした。

「航平！　踏み潰せ！」

「えっ⁉」

レンさんが俺のほうを見ながら大声でさけぶ。踏み潰すって、このセミをだよな？　ほっといてもこのまま死ぬだろうし、靴も汚れるし、冗談だろ？　戸惑っているとタクトさんが振り向いて「早く」と言った。莉彩さんの手がするっと離れて、俺の背中を押す。

ダンッ。

思い切って右足を振り下ろすと、ぐしゃりと足の裏にはねや体が潰れる感触。セミが暴れまわる音はピタッと止まった。

「うーわ、残酷。バズるかな、これ」

「なんか効果音つけとく？」

どこかうれしそうなタクトさんとレンさんの顔を見て、胸の奥にモヤッとしたものが現れる。恐る恐る右足をあげると、細かく砕かれたセミのはねがパラリと落ちた。ぬとっと、液体のようなものもくっついている。

「あはは、汚ーい」

莉彩さんの言葉にちょっと傷ついたけど、みんなが楽しそうだからよかったと思うことにする。

河原の草に靴底を擦りつけて汚れを落とす。まだ生きてたのにごめん。心の中でこっそりとセミに謝った俺は、まだまだ子どもなのかな。

翌日学校に行くと、なんと長谷部は一足先にホタルのボランティアに加入していた。
「おはよー、なんだよ長谷部。先にボランティアに入るとかびっくりなんだけど」

昨日の言い争いはなかったことみたいにして長谷部に声をかける。そうすれば長谷部もいつもどおり接してくると思った。

だけど俺の予想は当たらず、思い切り顔を背けられてしまう。

「あ……ごめん。つい」

自分でも無意識の行動だったのか、長谷部はすぐに謝ってきた。その焦ったような表情にイラっとする。

「いや、そんなに怒ってんならもういーわ」

いつもなら笑って流せただろうけど、昨日から溜まっているイライラが爆発してなんだか気持ちが萎えてしまった。そんな態度を取られる理由がわからない。俺、長谷部のことを悪く言ったわけじゃないのに。

ケンカは好きじゃないけど相手に拒否されたらどうしようもないよな。ボランティアで内申をあげる作戦は中止だ。

自分の席にもどろうとしたところでこっちを見ていた遠藤と目が合う。遠藤は昨日のことを変に言いふらしたりしていないらしい。ホッとしていると気まずそうに目をそらされて、自分は悪くないはずなのに悪いことをしたような気分になった。なんなんだよ、みんなして。

……いろいろなモヤモヤがつのる中、さらに最悪な出来事が重なる。

「小野、昨日の放課後、スマホをいじりながら下校してたんだってな。車で通りかかった先生から報告があったぞ」

昼休みに生徒指導室に呼ばれたと思ったら、生徒指導の一番怖い先生に見下ろされながらそう言われた。

げ。たぶん、昨日遠藤と別れて急いで家に帰るまでの間のことだ。どうやらあの何百メートルの間で先生の誰かに見られてしまったらしい。今日は持ってきてないのかと聞かれて首を横に振る。幸い、持ち物検査まではされなかった。

『一週間、放課後の奉仕活動に従事すること』

今まで問題行動を起こしたことがないのと、成績も特別悪くなかったおかげで学校からのペナルティはそれだけで済んだ。親に連絡が行くようなことにならなくてホッとする。親父やばあちゃんに知られたら面倒だ。

ジージー、ジワジワ。放課後、セミの合唱を聞きながら裏庭の草むしりをする。とにかく暑い。夏の外作業って結構しんどいもんなんだな。大工とか工事現場で働く人たちって毎日こんな思いをしてんのかな。うちの加工場は外にあるから、親父もか。

もし昨日みたいにいきなり莉彩さんたちから遊びに誘われたらどうしよう。学校内ではさすがにスマホのチェックができないからソワソワしていると。

「……きみが小野航平くんかい？」

「わっ！」

突然、後ろから名前を呼ばれてびっくりする。セミの鳴き声に負けそうなくらい小さい声。振り向くと、そこに立っていたのは作業服を着たおじさんだった。

「あ……たしか、校務員の」

ニコッと笑ったおじさんの胸元には『安達』と書いてある。日に焼けていて、背は低いけど肩や腕ががっしりとしているのが服の上からでもわかった。校務員って学校の設備や環境を整える仕事をしてくれてるんだよな。

「奉仕活動の子が来るからこき使ってやってくれって、きみの担任の森先生に頼まれてね」

「ええー。まじっすか」

「やることなかったら、ほどほどの時間で帰らせてやってくれっていう意味だと思うよ。森先生は優しいね」

ふーん。安達さんもニコニコしていて優しそうだし、もしかしたらすぐ帰らせてくれたりして。期待のまなざしで見つめると、安達さんは俺が集めていた草をさっさとゴミ袋に入れてしまった。

「えっ、本当に帰っていいんすか？」

「いやぁ、あいにくだけど他に手伝ってほしいことがあるんだ」

「……はーい」

　手伝ってほしいことってなんだろう。草むしりより大変じゃないといいけど。軍手を外しながら黙ってついていくと、校舎の裏にあるぼろ小屋にたどり着いた。学校内にこんな小屋があったのか。

「ここ、なんすか？」

　安達さんは南京錠をガチャッと開けながら答える。

「昔は体育用具入れだったんだよ。今はグラウンドのほうに新しい用具入れがあるだろう？　だから使わなくなったこの倉庫は私が使わせてもらってるんだ」

　見た目のわりに中はきれいで、草刈りに使うような機械や除草剤のタンクなどいろいろな物が置いてあった。木くずのにおいでゴホンとむせてしまう。

「航平くんにはこれを手伝ってほしいんだけど、手先は器用なほうかい？」

　小屋の床には青いビニールシートが敷いてあって、その上に細長い木のようなものが何本も置かれていた。

「たぶん不器用ではないと思うけど……これ、なに作ってるんですか？」

聞くと、安達さんは後ろの棚から完成品を取り出す。それは、巻き貝のような形をした手のひらサイズのカゴだった。なんだこれ。いったいなにを入れるんだろう。それともただのオブジェか？

「これは麦わらを編んで作るカゴなんだ」

ビニールシートの上に置かれているのは木じゃなくてわらだったらしい。そういえばうちのばあちゃん、前にカラフルなクラフトバンドを編んでカゴを作るのにハマってたっけ。それに似ているかもしれない。

「これをあと四つ作りたいんだけど、老眼のせいかどうも目が疲れちゃってねぇ。前かがみになるから肩もこるし」

苦笑いしながら言われて「はぁ」と返す。ようはこのわらを編んでいけばこれと同じカゴになるってことだろ？　親父の職人っぽいところが遺伝したのか、ひたすら同じ作業をするのはきらいじゃない。技術も美術もそこそこ成績がいいんだ。

「わかりました、やってみます」

小屋の中のほうが涼しいし、外で草むしりをするよりマシかもしれないな。

そんな軽い気持ちでうなずくと、安達さんはうれしそうに笑ってビニールシートの上に腰を下ろした。その向かい側に座ると十センチくらいの短いわらを二本とキリを渡された。

「まず、この短いわらの片方に穴を開けて、もう片方を通すんだ」

キリでわらの真ん中に穴を開けるけど、ぐしゃっとゆがんでやりづらい。無理矢理押し込もうとしたら折れ曲がってしまって新しいわらをもらった。なんとかできあがった小さい十字架を、四角く切った厚紙に、角とわらの先端を合わせて貼り付ける。これが底の部分になるらしい。

「そのわらの先端に、別の長いわらを刺し込んで。一か所だけ二本になるように」

厚紙の四隅から飛び出るようにわらを刺していく。やっぱり同じ方向から安達さんの手元が見たくなって隣に移動した。

「二本刺したうちの一本を、隣の角に向かって、厚紙のふちに沿うように折り曲げる。角でわらが重なったら、そこに刺さっていたわらをまた隣の角へ」

「えっ、こう？」

「そうそう。繰り返して編んでいくんだけど、わらを折り曲げるとき、下のわらより少し内側に重ねるよう小さく折っていくんだ。そうすると、いつかこうなる」

思ってたより単純だけど、たったこれだけで本当にこの巻き貝みたいなカゴが出来上がるのか？　半信半疑になりながらひたすらわらを編んでいく。確かにこれは目や肩にくる作業かもしれない。

カチ、コチ。古い置き時計の音が響く。

何回かわらを折り返すと少しずつ筒の形に伸びていった。

「どうっすか、これ……って、早っ」

俺が一センチくらい編む間に、安達さんはその倍の長さを編んでいた。

「うんうん、やっぱり航平くんは器用だね」

「そうかな。安達さんのほうがずっと早いじゃないっすか」

「そりゃあ、少しは慣れてるからね。はじめて編んでこんがらがらないのがすごいよ」

大げさにほめられて照れくさくなる。それと同時に、安達さんの言葉のちょっとしたことが気になった。

「あれ？『やっぱり』って？」

俺と安達さんは今日はじめて話すのに、どうして俺のことを知っていたような口ぶりなんだろう。首をかしげた俺に、安達さんは「ああ」とうなずいた。

「きみは、小野石材店の息子さんだろう」

「？　はい。俺ん家のこと知ってるんですか？」

「知ってるもなにも、私は昔、あそこで働かせてもらってたんだよ」

「えっ⁉」

安達さんがうちで⁉　思わぬ話に驚いて、つい手が止まってしまう。

「もう二十年以上も前のことだから知らなくて当然だけどね。きみのお父さん……厚治さんにはとってもお世話になったんだ」

親父は今五十だけど、安達さんは親父よりずっと年上じゃないのか？　不思議に思って作業どころじゃなくなった俺に安達さんは詳しいことを話してくれる。

「……私は昔、東京の企業に勤めていたんだが、四十過ぎてリストラにあってね。あ、リストラって言葉わかるかい？　会社をクビになったんだ」

「そう、なんですか」

「まぁ、ちょっと日本の景気が悪かった時期でね。四十過ぎのおじさんを新しく雇ってくれる会社なんてどこにもなくて。しかたなく妻と子を連れて田舎に帰ってきたんだけど、それでもなかなか働き口がなくてね」

……そんな安達さんをためらいなく雇ったのが、急に死んだじいちゃんから石屋を受け継いだばかりの俺の親父だったらしい。

「最初はやっぱり『自分よりずっと若いやつの下で働くなんて』って思ってたよ。だけど若社長……航平くんのお父さんは誰よりも働いて、従業員にも真摯に向き合ってくれてね。若いのに大したもんだって尊敬するようになった」

　すっかりものづくりの仕事にはまってしまった安達さんはうちで何年か働いたあと、隣町で小さな工場を開いた。その工場も息子さんにゆずって一息ついて、今はシルバー人材センターの仕事でうちの学校に来ているんだって。

「歳をとっても体を動かしていたくてね。ビルの中で机仕事しかできなかった私が、こんなふうになるなんて思わなかったなぁ。航平くんのお父さんのおかげだよ」

　目を細めて楽しそうに話す安達さんを見ても、ただただ驚くしかできない。

　だって、あの怒りっぽくて自己中な親父が人を救って、しかも人生を変えただなんて。

「航平くんのおばあちゃんやお母さんにもよくしてもらったな。まかないで作ってくれる煮物が好きだった」

「あ、俺もばあちゃんと母さんの煮物、好きです」

　ばあちゃんは性格は難しいけど、料理は優しい味がするんだ。

　そして俺と安達さんは、カゴを編みながらいろいろな話をした。石屋の仕事のことも親父のことも、俺はなんにも知らなかったんだなと気づく。しゃべりながらやっていたからカゴは数センチしかできていない。明日も明後日もここに来なくちゃと思った。

「親父も母さんもばあちゃんも、安達さんのこと覚えてるってさ。懐かしいって、今度うちに連れてこいなんて言ってましたよ。連絡先も教えてくれって」

「えっ、本当かい？　うれしいなぁ」

次の日の放課後。カゴの続きを編みながら、前の晩に親父たちと話したことを報告すると、安達さんの目元のシワがぐっと深くなった。俺のじいちゃんは俺が生まれる前に亡くなっているから、もしじいちゃんがいたらこんな感じなのかなとぼんやり思う。

「それにしても、やっぱり安達さんのほうがずっと上手っすね。俺なんか、ほら」

手元にあるのは、やっと半分くらいまで編んだカゴ。もともと巻き貝みたいにとぐろを巻くような形になるらしいけど、俺のは単にぐにゃりと歪んでしまって全然きれいじゃない。

「ははは。はじめてにしては上手だよ。さすがあのお家の子どもだ」

「…………」

安達さんも、当たり前みたいに俺が石屋を継ぐと思ってるのかな。俺の本当の気持ちを言ったらがっかりさせてしまうだろうか。

「ねぇ、安達さん」

「なんだい？」

「もし俺が小野石材店を継がないって言ったら、どう思う？」

変な空気になったら「冗談だよ」って言えるように、手は動かしたままなるべく明るい声のトーンで言った。

安達さんは一瞬だけ手を止めたけど、またせっせとカゴを編みながら口を開く。

「……そりゃあ、お父さんからしたら複雑なんじゃないかな」

「やっぱり？」

「航平くんは石材店を継ぎたくないのかい？」

質問に正直にうなずくと、安達さんは「そうか、それはしかたないね」とだけ言った。てっきり『もったいない』とか『お父さんを悲しませちゃダメだよ』とか、そういう言葉が返ってくると思っていたから驚いてしまう。

「……俺、この町が嫌で。東京の高校に行きたいんだ」

今まで誰にも話したことのない思いを、昨日はじめて話した校務員のおじさんに打ち明けてしまった。親にも、先生にも、クラスのやつらにも言ってない。みんなと広く浅く付き合ってきたから、いざというときに本音をぶちまけられる相手がいなくなってしまったらしい。

ああ。でも唯一、長谷部にだけは『東京の高校に行く』って話したんだっけ。あいつはああ見えて聞き上手で、周りに言いふらしたりもしなくて、パソコン部の中で一人だけまじめに資格とか取ってて、本の趣味も合って。何気にすごいやつだし、実は話していて楽しいって思ってた。

「東京？　お父さんたちはなんて？」

「まだ言ってなくて、これから説得するんですけど」

「えっ、そうなのかい。それにしても東京の学校なんて、なにかアテがあって行くんだろ？」

たくさん勉強して、とびきり頭のいい高校に受かって親父たちを説得するつもりだということ、東京に行ったら仲がいい先輩の家に下宿させてもらう予定だということ、小遣いは貯めていて、向こうに行ったらバイトしながら学校に通おうと思っていること。これからの計画を思い切ってすべて打ち明けたら……安達さんは眉間にシワを寄せて、それから「うーん」と考えて首を横に振った。

「いやぁ、それは難しいだろう。寮や親戚の家ならまだしも、友達の家に寝泊まりして通うなんて、きっと高校側が許可しないよ」

「えっ？」

「それに、その先輩とやらは高校三年間ずっと航平くんの面倒を見てくれるような人なの？　そこまで信頼できる間柄なのかい？」

――信頼。その言葉が心に引っかかる。レンさんとはよく遊んでるけど、俺は大してレンさんのことを知らない。『俺を住まわせてくれる』って本気で言ってくれてたと思うけど、安達さんみたいな大人に指摘されると自信がなくなってくる。

「大丈夫、だと思います」

声が尻すぼみになってしまって、それを聞いた安達さんがついに手を止めた。

「『だと思う』じゃあダメだ。そんな不確かな計画で、あのお父さんがきみを東京に送り出してくれるとは思わないな。もちろん私も心配だよ」

……安達さんの言うことはきっと間違ってない。そんなの頭ではすぐにわかったけど、心が理解したくなかった。だって俺は狭っ苦しいこの町がきらいだ。人の家の墓石とか、金持ちが庭に置くようなよくわからない像とかを造るだけで一生を終えたくなんかない。好きな人のそばにいたい。でも。

「航平くんは、東京に行ってなにがしたいんだい？」

パキッ。

つい手に力が入ったみたいで編んでいたわらが折れてしまった。ああ、せっかく半分くらいまで作ったのに。

「俺、……」

うつむきながら、東京に行った後のことを考えてみる。莉彩さんを追いかけてもし付き合えたとして、その先は？　俺はどんな大学に行って、どんな仕事をするつもりなんだろう。安達さんの質問に答えられない自分にいらつく。俺は、人気者でハッキリとした性格の自分のことを好きなはずだった。その自信が少しずつしぼんでいくのがわかる。

〝ヴー〟

二人して黙っているとカバンの奥でスマホのバイブが鳴った。この時間の連絡はもしかして、なんて期待して反射的にそっちを向いてしまった俺に安達さんは言う。

「今日はもうやめにしようか。続きは明日にしよう」

「えっ、でも」

「気持ちは作品に表れるからね。心ここに在らずでは、せっかくそこまで作ったものも台無しになってしまう」

「……はい」

折れてしまったところは、そこから新しいわらを結んで継ぎ足せるらしい。

隙間だらけのいびつなカゴを見ながら、ちゃんと完成するのかなって不安になった。


さっきスマホが震えたのは、ただの広告のせいだった。肩を落としながら家までの道を自転車で走っていると、後ろから「航平？」と名前を呼ばれた。

「タクトさん！」

止まって振り返ると、茶色い髪を光らせたタクトさんが片手を挙げていた。同じ小学校出身のタクトさんとはこうして家の近くで偶然会うことがある。自転車を降りて駆け寄るとタクトさんはポケットからガムを取り出して一粒くれた。本当は登下校中に物を食べちゃいけない決まりだけど、スマホのことで一度ペナルティを受けてしまったから不思議と気にならなかった。

「なにお前、今帰り？　部活とかもうやってないんだろ？」

「はい、でもちょっと奉仕活動やってて」

「奉仕活動？」

首をかしげたタクトさんに校務員のおじさんとカゴを作っていることを説明すると「な

にそれ、ダサッ」と言われてしまった。ダサい、か。確かにかっこいいことではないかもしれないけど、なんだか胸がチクッと痛む。

「タクトさんこそ、今日は莉彩さんやレンさんと遊んでないんですか？」

そう聞くと、タクトさんは空を見上げながら言った。

「あー、たまには二人っきりにしてやったほうがいいだろ。端から見たら俺、ジャマもんじゃん？」

「へっ？」

タクトさんがなんの話をしているのかわからなくて、思わず変な声が出てしまう。そんな俺を見てタクトさんも驚いたように首をかしげた。

「なんだお前、気づいてなかったの？　あいつら、最近付き合いはじめたんだよ」

ガツン。頭を石で殴られたような感覚。それも、家の加工場にあるのと同じくらい大きくて重い石で。

莉彩さんとレンさんが付き合ってる？

そうなんですか、と震える声で言うことしかできない。パニックになっている俺に、タクトさんはさらに衝撃の事実を告げた。

「今日は莉彩の家に行くんだってよ。レン、莉彩の親と仲良くなろうとしてるっぽい」

「お、親？」

「そう。あいつら東京組じゃん？　あっち行ったら一緒に住めるように今から両親の好感度あげとくんだってさ。ウケるよな」

……失恋のショックよりも大きなものが、体全体にずしっとのしかかる。

なんだよそれ。レンさん、俺との約束は？

「……レンさん、俺のこと住まわせてくれるって……」

ボソッとつぶやくと、聞こえてしまったようでタクトさんは笑った。

「ああ、お前らそんな冗談、話してたっけ。ウケる」

ケラケラと笑うタクトさんを見て、あの話を本気にしていたのはこの世界で俺だけだったんだと気づく。

顔も体もカッと熱くなって、背中を汗がダラダラと流れていくのがわかる。そのくせ手のひらは冷たくて、口の中に酸っぱいものが迫り上がってきた。

「俺も彼女ほしー。てか知ってる？　俺の一個下にコジマっていたじゃん。あいつ、彼女妊娠させて学校辞めたんだよ。働くんだってさ」

「……そうなんですか」

「高二でなんてびっくりだけど、その彼女ってのが金持ちで親が社長らしくてさぁ。即そこで働けるとか人生イージーモードだよなぁ」

　コジマという人の顔が思い浮かばない。顔もわからないような他人のうわさ話を聞くなんてよくあることなのに、うまくあいづちが打てなかった。タクトさんの声が頭の中を右から左へと通り抜けていく。

「俺もどっかに出会いねーかなぁ」

「……学校にいないんすか」

「ばーか、工業高校だぜ？　女子なんて数えるほどしかいないし、かわいい子はみんな彼氏持ちだよ。俺のクラスのやつも、ＳＮＳで他校の女の子に声かけて遊びまくってるっぽいし」

「はは、えぐいっすね」

「そんなもんだって。お前も進学先、岩工だろ？　まじで出会いないから、今のうちに彼女作っといたほうがいいよ」

　どうでもいい。話の全部がくだらなく感じる。

　ようやく交差点でタクトさんと別れると俺はすぐに自転車にまたがって、車も追い抜かしちゃうんじゃないかっていうスピードでひたすらペダルを漕いだ。蚊柱に顔をつっこんでしまって、目に小さい虫が入って少しだけ涙が出てくる。それでも止まらずに走った。

家について二階の自分の部屋に駆け込んで、持っていたカバンを投げ捨てる。

「あーっ」と、よくわからない叫びが漏れた。

高校生の友達がいて、年上の女の人を好きになって。たったそれだけで自分が周りより大人になったような気がしていた。

『航平くんは、東京に行ってなにがしたいんだい？』

さっきの安達さんの言葉が頭に響く。

好きな人を追いかけたい、なんていうぼんやりとした目標はさっきの一瞬で消えてしまった。他に理由になりそうなものを探すけど、俺の中には見当たらない。

「……なんだ、俺、空っぽじゃん」

涙を見せられるような友達もいなければ、将来やりたいことも今熱中していることもない。田舎が嫌とか家を継ぐのが嫌だとか、嫌なものはたくさんあるのに好きなものがなにもないなんて。

体は人より大きくなったくせにまるでダダをこねる子どもみたいにわがままで、それでも心のどこかで生まれ育った田舎を見下して、自分は何者かになれると思っていた。情けなくて恥ずかしくて、こんな思いをはじめて知った。

布団に転がって目を閉じると莉彩さんの顔が浮かぶ。かわいくて、ボディタッチが多くて、気まぐれで。たくさんドキドキさせられたけれど、俺はあの人のどういうところが好きだったんだっけ。

まさか、顔とか声？　見た目だけだったのか？　いや、そんなはずはないだろ。

考えながらそのまま眠っていた。夕飯だと母さんに呼ばれて、ぼんやりとしながら味のしない煮物を食べる。ばあちゃんがテレビの中の芸能人に文句を言っている。親父は石屋のお客さんと飲み会に行っているらしい。ばあちゃんの文句に返事をしなかったら怒られたから、むかついて茶碗を強く置いたらなにを言っているかわからないくらい怒鳴られた。

その日の夜遅く、莉彩さんたちとのグループラインには【明日動画撮りたいから五時に駅前集合】というメッセージが入っていた。

朝起きてそれに気づいた俺は、既読をつけないままスマホをカバンの底のほうへしまって学校へ行った。

「……安達さんの言ってたとおりでした。東京に行く話、本気にしてたの俺だけだったみたいっす」

昨日折れたところに継ぎ足してもらったわらを、同じようにせっせと編んでいく。顔をあげないままカゴを作り続けていると安達さんに「航平くん」と名前を呼ばれた。

「きみはまだ若いんだ。本当に東京に行きたいなら、これから先、チャンスはいくらでも来るよ」

安達さんの言葉は薬のようだ。もしくは、温かくて心地いい温泉。優しすぎてつい弱音が出てしまう。

「でも俺、本当になにもないんですよ。なんだかんだ結局この町に残って家を継ぐのが幸せなのかもしれないっす」

住む場所も仕事も決まっているんだから、この町にいれば余計な苦労をしないで済む。そのうち出会う相手と結婚して子どもができて、俺は石材店の社長になって、近所の人からはちょっと羨ましがられるような生活を送る。それで十分じゃないか。

ぎゅっと唇を噛みしめる俺に、安達さんは首をかしげる。

「航平くん、なにもないってことはないと思うけどなぁ。きみの雰囲気や話し方には説得力があるし、たった数日でカゴを作ってしまう器用な手もある。校舎内で会ったことはないけど友達も多いんだろう？」

カゴを作っていた手を止めて、両手のひらをじっと見る。なぜか思い浮かんだのは長谷部の顔だった。だけど俺の手を振り払ったときの困り顔になって、かすんでいく。

「俺、本当に友達って呼べるような人は……」

つぶやきかけたその時、建てつけの悪い倉庫の扉がガタリと音を立てて開いた。驚いて振り返ると、そこに立っていたのは。

「吉岡……？」

クラスメイトの虫オタク・吉岡蛍子。思ってもみなかった人物の登場にぽかんと口を開けていると、同じように吉岡もびっくりしているようだった。

「どうして小野がここに？」

「いや俺、奉仕活動で、安達さんの手伝いしてんの」

「……もしかしてそれ、小野が作ったの？」

吉岡は俺の手元のカゴを指さして言う。そうだよとうなずくと、小さな声でなぜか「ありがとう」とお礼を言われた。

なんで吉岡が俺にお礼を言うんだ？

その理由は、吉岡と安達さんとの会話を聞いてわかった。

「すまんね、航平くんにも手伝ってもらって作ってるんだけど、あと一つ残ってるんだ」

「いいえ、こちらこそ無理言ってすみません」

「私のほうから作るって言ったんだから気にしないでくれ。今どき蛍籠が見たいだなんて、懐かしくて作ってあげたくなってね」

どうやら、このカゴは吉岡のものになるらしい。なにも知らずに一つ作り上げようとしていた俺は唖然とする。

「えっ、蛍籠って。これもしかしてホタルを入れんの？」

俺の言葉に安達さんと吉岡は顔を見合わせる。そして、二人してクスッと笑った。

「すまない、そういえばなにも説明してなかったね」

「なにも知らないで作ってたなんて、変なの」

吉岡にからかわれて顔がちょっぴり熱くなる。カバンからスマホをこっそり取り出して『ほたるかご』と調べると、自分が作っているような巻き貝型のカゴの画像がいくつも出てきた。

「まじかよ……」

これをボランティアに持っていってもホタルを捕獲しちゃいけないらしいんだけど、どんな物か見てみたいという吉岡のリクエストに応えて安達さんが製作を引き受けたのだと話してくれた。

「……小野？」

吉岡の後ろから、震えたようなか細い声が聞こえる。一歩遅れてやってきた声の主は長谷部だった。その後ろには、同じクラスの鈴木真優さんもいる。変な組み合わせだと思ったけど、この三人はホタルのボランティアのメンバーだ。

「な、なんで小野が？」

「……あー、奉仕活動で」

「小野、蛍籠作ってたんだって」

「えっ⁉」

吉岡に知らされて、長谷部は金魚みたいにでかい目をさらに大きく見開いた。

どことなく気まずい雰囲気の中、俺の手の中にあるスマホが震える。ラインの着信を告げる画面には、アイコンの莉彩さんの写真が映し出された。

「彼女？」

「……ちげーよ」

吉岡、ほんと空気読めねぇよな。出るか迷っていると安達さんは、

「出ていいよ。私は先生じゃないから、見なかったことにするよ」

と言った。ためらっていた理由はそこじゃなかったんだけど、ペコッと頭を下げて通話をタップする。

《航平、おそーい。なにやってんの？　五時集合って言ったのに》

機械越しに鈴のような声が聞こえて心がざわめいた。俺、この声が好きだったな。

「すみません、奉仕活動してて」

《なんでもいいけど早く来れないー？　あんまり暗くなると動画見づらくなっちゃうって、レンが》

「……今日はなんの動画撮るんすか」

またティックトックの動画か。レンさんの名前が出たことに胸を痛めつつ、自分が行かないとダメなのか聞いてみると。

「えっとね、この前のセミバクダンのやつあったじゃない？　それが学校でちょっとバズったんだってー。だからその続きで、セミバクダンに花火当てたらどうなるかやるんだって。ウケるよね」

ケラケラ。悪びれもしない言い方でそう言って笑う莉彩さんを、別の世界の人間のように感じる。死にかけの虫に火をつけるなんて、それのなにが楽しいんだ。

せっかく地上に出て、数週間の命だったのに、花火で燃やされるなんて惨い殺され方をするのか。そう思ったらふつふつと、怒りにも似たような感情が湧き起こってくる。

「……バカじゃねぇの」

言ってすぐハッとして、少し焦ったけど俺の声は向こうに聞こえてしまったようだった。

《ねー、航平がうちらのことバカだってー》

《はぁ⁉　なに言ってんのアイツ》

レンさんの怒り声とガサガサという音が聞こえる。怒らせた。冗談だと謝ったら、今ならまだ許してもらえるかもしれない。でも。

「昆虫虐待‼　人でなし‼」

俺がなにか言うよりも先に、そばにいた吉岡が俺のスマホに向かって叫んだ。

「ちょっ、お前っ」

あわててブツッと通話を切ると、顔を真っ赤にして息を切らした吉岡と目が合う。莉彩さんは声が大きいから、この場にいるみんなにもすべて聞こえていたみたいだ。

「小野、今みたいなやつらと付き合ってんの？　おかしい。趣味悪いよ」

キッパリ。気持ちいいくらいにダメ出しされて目を見開く。

それは薄々気づいていて、でも認めたくないことだった。俺がプッと噴き出すとなぜか吉岡は「ごめん」と謝ってきた。

「ははは、いいよ。そうだよなぁ。趣味悪いよな」

どうしてか笑いが止まらなくなって、そんな俺を吉岡も長谷部も安達さんも鈴木さんも不思議そうな顔で見ている。すぐにもう一度スマホが震えたけど、拒否のボタンを押した。

「でも俺もあの人たちと一緒だよ。前にセミバクダン踏み潰したんだ。あのセミ、まだ生きてたのに」

いつでも思い出せる、靴底でセミが潰れる感触。吉岡の言うとおり、調子に乗っていた俺も人でなしだ。

「それは今の電話の人たちにやらされたんでしょ？」

「まぁ、そうだけど。断らなかった俺が悪いよ。セミって短い命なのにさ」

俺の言葉に吉岡の眉がぴくりと動く。てっきり怒られると思ったのに、吉岡の返事は意外なものだった。

「……セミ、昆虫の中では長生きだよ」

「へっ？」

「この辺りでよく見るアブラゼミだって土の中で何年も生きてるし」

「は？　そうなの？」

「うん。三、四年とか七年とか言われてる。地上に出たら数週間しか生きないんだから、セミにとっては土の中の暮らしのほうがずっと長い」

虫オタクと言われているのは知ってるけど、実際に虫のうんちくをしゃべっているのをはじめて聞いた。いつもより早口でハキハキとしていてどこか楽しそうだ。

「アメリカには、土の中で十七年過ごして一斉に羽化する種もいるんだよ」

「十七年？　うそだろ？」

俺らより年上じゃん。驚いていると、吉岡の後ろで長谷部が「その話、ニックに聞いたことある」と言った。ニックという名前につい反応してしまって、長谷部と目が合う。だけど俺より先に吉岡が口を開いた。

「本当？　ニック、見たことあるのかな」

「あ……ないって言ってたよ。ニックの生まれた州には生息してないって」

「そっか。ニックの出身知らないけど、十三年ゼミはどうだろう」

「十三年ゼミ？」

「うん。米南東部や中西部には十三年周期で一斉に羽化するセミもいるんだよ」

吉岡のマシンガンのようなしゃべりに長谷部も圧倒されているようだ。鈴木さんなんて苦笑いしてる……かと思いきや、意外にも興味津々といった感じで話に交ざってきた。

「なんで十七とか十三なのかな。しかも一斉にだなんて」

鈴木さんの質問に、吉岡が答える。

「一気に地上に現れることで、子孫を残せる可能性が高まるからって言われているよ。十七と十三はどっちも素数で、一緒に発生するのは二百二十一年に一回だから、交雑するのを避けてるってこと」

素数、ってなんだっけ。数学で聞いたような聞いてないような。

長谷部は「すごいね」って理解してるみたいだから、俺が覚えてないだけか。

「そんなに長い時間、暗い土の中でなに考えてるんだろうな」

話に交ざりたくて思ったことをつぶやくと、吉岡はパッと顔をあげた。

ガキみたいなことを言ってしまったと不安になったけど、吉岡はまじめに答えてくれる。

「セミは飼育するのが難しいから、生活の様子が完全には解明されてないんだよ」

「……へぇ。どこにでもいるのに意外だな」

ジージー、ジワジワと、今もうるさいくらいにセミが鳴いているのに。聞けば、土の中でモグラとかに食われるから成虫になれる幼虫はほんの一握りらしい。

「自分の役割を果たすために、土の中で一生懸命生きてるんじゃないかな。三年とか十七年とか、きっとそれぞれの幼虫に必要な時間なんだよ」

虫の役割ってのはきっと、自分の子孫を残すことだ。

じゃあ、俺の役割はなんだろう。考えてもわからない。……今は、まだ。

セミみたいにゆっくりと、大人になる準備をしていいのだろうか。いつか役割を見つけたときに飛び立って力強く鳴けるよう、土の中にいても。

「小野、あのさ」

長谷部に遠慮がちに名前を呼ばれて向き合う。気まずいままだったからお互いに少し緊張しているのがわかる。

「……怒ったり、振り払ったりしてごめん。どうしてって聞かれると、詳しくは言えないんだけど、僕、ニックのことバカにしてほしくなかったんだ……」

途切れ途切れに言葉を紡ぎながら、デカい目に涙が溜まっていく。泣きそうになりながら謝ってくるなんて変なやつだとは思うけど、長谷部のことをきらいだとは思わない。

「うん。俺も、ガキだったよ。そりゃあ本当にガキで、今も正直よくわかってないんだけどさ。だからって人のことバカにすんのはダメだよな。ごめん」

首をふるふると横に振る長谷部の肩を叩くとビクッと震えたけど、今度は振り払われなかった。

こいつの気持ちとか考えていることが、いつかわかる日が来るのだろうか。

同性と付き合っているというニックのことも、いつか受け入れられるのかな。

もし受け入れることが無理だとしても、理解くらいはできるようになりたい。そういう人間のほうがかっこいい気がする。

「航平くん。きみには、きみのために怒ったりまっすぐぶつかったりしてくれるような友達がいるじゃないか。もうなにもないなんて言えないね」

ニコッと笑った安達さんの言葉にハッとする。

照れくさい。でも、うれしい。同じくらいそう思って、最後にはうれしいが勝った。

「ねぇ。やっぱりさ、小野も一緒にホタルのボランティアやらない？」

涙目の長谷部が言って、その後ろで鈴木さんがうなずく。

吉岡のほうを見ると、

「カゴ作ってたんだもん、てっきりやってくれるのかと思った」

と、うつむき気味に言った。

ガラにもなく泣きそうになって顔を隠す。にじんだ視界で見た作りかけの蛍籠は隙間だらけで、これじゃあ、もしホタルを入れても逃げてしまうんじゃないかと思う。

「……急いであと一つ作るわ。今度はもっと上手く作る」

目標も将来の夢もなにもない俺だけど、セミでいったらまだ土の中にいるようなもんだよな。成虫になるそのときまで、俺の中身をじっくり埋めていこう。この町を出るかどうか決めるのは、それからでも遅くない気がした。

とりあえず今は、きれいな蛍籠を作ってこいつらをびっくりさせてやろうっと。

【アブラゼミ】

分布……北海道～九州、屋久島

時期……7月～9月

体長……55mm～63mm

住宅地から山地まで幅広く生息。一回の鳴き声は40秒ほど。セミは透明なはねを持つものが主流であり、アブラゼミのように不透明なはねを持つセミは世界的に見てめずらしい。

ジャコウアゲハ

クラスメイトの小野航平に告白したら、あっさりと振られてしまった。

小野は人気者で気さくで優しくて、来るもの拒まずなイメージがあった。たとえあたし・遠藤咲のことをまだ好きじゃなくても、「付き合って」と言ったら「うん」と言ってくれるんじゃないかって思ったんだ。

だけどそんなのはあたしの勝手な思い違いで、実際はかなりめんどくさそうな顔をされた後に受験を理由に断られた。ちょっとねばってみたけどダメだった。

たぶんだけど、小野には好きな人がいるっぽい。

それがもし同じクラスの虫オタク・吉岡蛍子だったらどうしよう。

小野は吉岡とよくしゃべっているし、吉岡のことを褒めているのを聞いたこともある。

『あそこまで好きなもん貫けるのがすごい』とかなんとか言ってたけど納得いかない。あんな地味で変わった子に負けるなんて悔しすぎるよ。

むしゃくしゃした気分でアパートの階段をのぼるとガンガンと音が鳴る。錆びて今にも崩れてしまいそうなこの階段にさえイライラした。

「ただいまー……って、いないのか」

玄関を入ってすぐに台所、その奥がテレビのある居間、その隣が寝室。この六畳二間のアパートであたしはママと二人暮らしをしてる。パパの顔は知らない。物心ついたときにはもう、ここでママと二人きりだった。離婚したのか、そもそも結婚をしていないのか。小学生のころ聞いたらママは少し不機嫌になって、「今どき片親なんて普通だよ」と言われたので、それきり深く考えるのをやめた。

【ちょっと出かけてくるからご飯買って食べてね】

テーブルの上にはそんな書き置きと五百円玉が置いてあった。

うーん、五百円かあ。コンビニもどんどん値上げしていて、最近は五百円以内でお弁当買えないんだけどな。

「……ママはいいなぁ」

実は、あたしのママには彼氏がいる。アパートの下で二回くらい見たことがある程度だけど、ママより少し若くてガタイがよくてなかなかイケメンだった。

ママの彼氏は、あたしの知る限りでは三人目だ。

小一くらいのときに付き合ってた人はどんな人か忘れちゃったけど、そのあと付き合っていたマーくんはあたしもよく遊んでもらっていた。普通のおじさんだったけど優しくて、おもちゃとかも買ってくれて、このままパパになるのかなって思ってた。

でもマーくんとは一昨年くらいに別れちゃって、今のイケメンの彼氏と付き合ってる。

あたしのママはなかなかにモテるらしい。いつも元気できれいだからかな。

でも、四十代のママに彼氏がいるのに、十五歳のあたしには彼氏ができないってどういうこと？

ニキビができないように気をつけてるし、髪も毎朝きれいにして学校に行ってるのにどこが悪いんだろう。この、ちょっとだけ上向きな鼻がいけないのだろうか。……それとも、女友達がいないところ？

ついこの間、あたしはクラスの四人組グループから外されてしまった。

きっかけはメンバーの一人だった鈴木真優がホタルのボランティアをやるって言い出したこと。

そのボランティアには吉岡もいて、あたしは吉岡がきらいだから反対したけど、真優はあたしじゃなくて吉岡と一緒にボランティアをすることを選んだ。

それがおもしろくなくて真優のことをハブろうとしたら、逆に他の二人からあたしがハブられてしまったというわけだ。

人の悪口って盛り上がるからつい言い過ぎちゃう。だってみんなにあたしの気持ちに共感してほしいんだもん。

それに本当は、真優がボランティアに興味を持っていることに気づいていた。小学校が同じ真優が、五年か六年の時に学級文庫のホタルの写真集を眺めているのを見たことがある。気づいていて、でも真優が吉岡に盗られるみたいで嫌で、話すのをジャマしたけど意味がなかったみたい。

……まさか、三年の途中でこんなことになるなんて。

よく考えると卒業まで八か月もある。あたし、その間、ずっと一人で過ごすの？　無理なんだけど。考えただけで憂鬱になる。

ママみたいに彼氏がいれば、こんな寂しい思いをしないで済むのかな。

そう思いながらカバンを置いて、あたしは机の上に置いていたポーチから鏡と百均で買い揃えたメイク道具を取り出す。動画で覚えたやり方でアイラインを太めに引いてマスカラも塗った。

そして、スマホの自撮りアプリを開いて自分の顔を写す。

うん、いい感じ。早く高校に行って自由にメイクできるようになりたい。そしたら彼氏だってすぐにできるはず。

カシャ。カシャ。

あたししかいない静かな家に、スマホのシャッター音が響く。何枚も何枚もいろいろな角度で撮って、その中から特にかわいく写ってるものを選んで、肌はキラキラにして目も大きく加工した。

最後に、顔の下半分が隠れるようにハートのスタンプをのせる。芸能人レベルで盛れたと思うその写真に『学校終わり♡』と文章をつけてインスタにアップした。

ピロリン。

すぐに鳴る通知音を聞いてスマホに飛びつく。

どんどん増えていく、《いいね》のハートマーク。フォロワーじゃない人からの〈いいね〉もある。『かわいすぎます』とコメントも来た。

じわじわと胸が温かくなって、うれしくて顔がにやけていく。

名前も顔も知らないたくさんの人たちがあたしを肯定してくれるのが気持ちいい。

……生きてる、って感じがする。

どんなに学校がうまくいかなくても、ボロアパートに住むのが嫌だなって思っても、世界にはあたしのことを認めてくれる人がたくさんいるから大丈夫。

夕飯代の五百円はメイク道具を買うのに使おう。夜ご飯は冷蔵庫に入っていたうどんで済ませて、ママが帰ってくるまであたしは自撮りをしまくった。

「あと一人、なかなか見つからないね」

教室の端のほうから真優の声が聞こえる。

「俺、適当に声かけて連れてこようか」

それに返事をしたのはまさかの小野だった。

——なにこれ。本当にありえない。

なんで小野がホタルのボランティアをやることになってるの⁉

吉岡が最初に手を挙げて、それに真優が入って。そしたらなぜか長谷部健都くんっていうおとなしめの男子も加わって、さらには小野もやることになったらしい。

ついこの間、『やらねーよ。田舎くさい』なんて言ってたくせに、どういうこと？

なにがあってそうなったか気になるけどさすがに聞きになんて行けない。今のあたしは真優とも小野とも気まずい状態だから。

「そりゃあ小野くんが声かけたら誰かしら来てくれると思うけど……」

悩む真優の横で吉岡が首を横に振る。

「ボランティアってそういうもんじゃないって言うんだろ？　吉岡らしー」

小野が呆れたように笑って、健都くん……ケンちゃんが教室内を見回す。

「でも小野がいるなら、時間の問題じゃないかな」

ケンちゃんの言うとおり、この教室内で小野たちのほうをチラチラ見ているのはあたしだけじゃない。小野に好意を持っている女子はたくさんいるんだ。

でも変人ナンバーワンの吉岡がいることと、クラスでも目立たないポジションの真優とケンちゃんの存在がみんなの心にブレーキをかけているんだと思う。

それにボランティアは五人一組らしいから、あそこに交ざれるのはあと一人だけ。友達同士で声をかけることができないのも原因だよね。

なんて、冷静に分析しているとケンちゃんとパチッと目が合ってしまう。

あわてて前を向いて興味ないフリをした。

違う、交ざりたいなんて思ってない。ただ小野がいることが意味不明で悔しくておもしろくないから気になってるだけ。

「ねぇ、昨日のフレイヤーズの動画観た？」

「観たー、ヤマトかわいかったよねぇ」

別のことを考えようとしたら、斜め後ろの席の女子たちの会話が聞こえてきて思わず振り向く。フレイヤーズはあたしの好きな動画配信者グループだ。

急に振り返ったあたしにその子たちは固まった。今まであんまりしゃべったことのない人たちだ。

「あはは、あたしもフレイヤーズ好きだから、つい」

もう中三の夏だけど、今から新しいグループに入るのもアリかな。今度は人の悪口ばかり言わないように気をつけよう。

そう思いながらニッコリ笑顔で話しかけたけど。

「あ……そう、なんだ」

その子たちは苦笑いしながら顔を見合わせて、立ち上がってどこかに行ってしまった。

なにそれ。あたしとは話したくないってこと？

あたし、あなたたちにはなにもしてないよね？

これっていじめかな。ううん、いじめっていうのはシカトされたり物を隠されたり、有る事無い事うわさされたりすることだ。

ただみんな、クラスでぼっちになったあたしをあわれんで、腫れ物扱いで見てくるだけ。こんなの余計に居心地が悪い。

こうなってから昼休みがすごく長く感じる。誰かが歩きスマホをしながら帰っていたとかいう話のせいで先生たちも厳しくなって、こっそりスマホチェックもできない。

あーあ、つまらない。

早く夏休みになってくれないかなぁ……。

家に帰ってスマホの電源を入れると、いつも自撮りをアップしているアカウントにダイレクトメッセージが来ていることに気づいた。

【友達がフォローしているのを見つけて、かわいいなと思ってＤＭしちゃいました！　泉岡に住んでいます。よかったら話しませんか？】

ドキッ。今までコメントでかわいいと言ってくれるフォロワーさんはいても、こうして直接メッセージをもらったのははじめてだ。しかも泉岡ってすぐ隣町じゃん。

プロフィールには『サトル』っていう名前と男性だってことしか書いてないけれど、顔の下半分を隠したアイコンは制服のシャツを着ているように見える。この薄いグレーのシャツはもしかすると近所の工業高校の制服かも。

緊張しながら【いいですよ】と返事を送る。するとすぐにメッセージが届いた。
【よかった。実は送るのけっこう緊張したんだよねー笑】
照れたような顔の絵文字もついていて、なんだかかわいらしい人だなと思う。
【なんて呼べばいい？　サキって本名？】
【はい。サキで大丈夫です。サトルさんって呼んでいいですか？】
【さんはいらないよ。俺はサキちゃんって呼ぶね】
【わかりました】
【俺は高三だけど、サキちゃんは何年生？】
あ。もしかしたらこの人、あたしのこと高校生だと思って声をかけてきたんだ。
どうしよう、中学生だってばれたら相手してもらえなくなるかな……。
【あたしも三年生です】
少し迷ってそう送ったら【タメだね、敬語はナシにしよ！】と返ってきた。
……本当は中学三年生、だけど。
うそをついてしまったことには胸が痛んだけど、どうやら信じてもらえたみたいだ。
【サキちゃんって彼氏いないの？】
【いないよ。サトルくんは？】

【えー、意外すぎ。かわいいのに！　俺も彼女いないよ】

画面越し、それも文字だけなのにドキドキが止まらない。

やり取りは寝るまで続いて、あたしはスマホを握りしめながら眠っていた。次の日の朝も【おはよう】とメッセージが来ていて安心する。

それからもサトルくんとのやり取りは途切れず毎日続いた。

好きな配信者のこと、サトルくんのやっているゲームのこと、学校であったたわいもない話。サトルくんは基本的にすぐ返事を来れる。

やっぱり彼氏がいたらこんなふうに寂しくなくなるのかもって思った。

「……咲、落としたよ。はい」
女子トイレの鏡で髪の毛を整えていると、真優に声をかけられた。洗面台に置いていたハンカチを落としていたみたい。
「……ありがと」
拾ってもらったんだからもっとちゃんとお礼を言うべきなんだろうけど、その目がおびえているように見えたからなんだか胸がチクッとして、ハンカチを奪いとるような感じになってしまった。

「………」

気まずい空気のなか、ポケットに入れているスマホが小さく震える。あわてて画面を見るとやっぱりサトルくんからのメッセージだった。

【やっと昼休みー。サキちゃんは友達とご飯食べてるの？】

ギクッ。まさか〝ぼっち〟なんて言えない。

【そうだよ。女子四人組で食べてるんだ】

どんどんうそを重ねていくことになって申し訳ないけど、ネットだけの付き合いだし、ばれないよね。

【いいね。サキちゃんと同じ学校だったら楽しいだろうな】

うれしいことを言われて胸がキュンとする。最近いいことがないから、些細な言葉で喜んでしまう自分がいる。

すると、横で手を洗った真優が再び声をかけてきた。

「ね、ねぇ。先生に見つかったらスマホ没収されちゃうよ？　この前トイレも見回りするって言ってたし……」

不安そうな顔をしながら言ってきた真優のことをキッとにらむ。優しくて気が弱くて言いたいことがあっても言えない。あたしは真優のそんな性格を知っていて近くにいた。

「うるさいなぁ、あたしがどうなろうと真優には関係ないじゃん」

「……ごめん」

キツく言い過ぎたとは思うけど、あたしと真優はもう友達じゃないんだから心配される筋合いはない。あたしより吉岡と一緒にいることを選んだくせに。すると後からトイレに入ってきた女子たちが「なにアレ、ひどすぎ」とこっちを見て言ってきた。

あんたたちにはもっと関係ない。そう言い返そうと口を開いた途端にサトルくんからメッセージが届く。

【ごめん、俺、キモいこと言ったよね笑】

あ。さっきのメッセージ、既読つけたのにすぐ返信しなかったから気にしてるんだ。

あわててサトルくんへの返事を打つ。一瞬で周りの声なんて耳に入らなくなった。

【そんなことないよ。あたしもサトルくんと同じ学校だったらいいなって思う】

【よかった、同じ気持ちでうれしいな】

サトルくんの言葉があたしを満たしてくれる。

もう、クラスの人にどう思われていたとしてもいいや。

【よかったら今度、会えないかな。一対一だと緊張するだろうから友達何人か連れてみんなで会おうよ】

その日の夜に届いたメッセージに、あたしはひんやりとした汗をかく。

どうしよう。実際に会ったら中学生だってばれてしまうかもしれない。それに、あたしには一緒に来てくれるような女友達がいない。

【俺の友達もサキちゃんに会いたいって言ってるんだ。あ、もちろん他のやつにサキちゃんは譲らないけどね？笑】

……そんなことを言われて、泣きそうなくらいドキドキする。

もし会わないって言ったらきらわれてしまうだろうか。そんなの嫌だよ。あたし、サトルくんを失いたくない。

【わかった。友達誘ってみるね】

【やったー。土曜に泉岡の駅でいい？　昼過ぎくらいかな。一時とか】

とんとん拍子に予定が決まっていく。泉岡は電車に乗らないと行けない場所だけど、学校の人に見られる心配がなくてよかったかもしれない。

ラインのアプリを開いて、友達の一覧をスクロールする。同じ学年でスマホを持っている人の連絡先が何件も登録されているけれど、今実際にやり取りしている人はいない。

履歴の上のほうにあったのは、クラスで組んでいた四人組のグループ。あたしと真優と、奈津美とあかりっていう女子で一緒に行動していた。真優が抜けたことで奈津美とあかりに文句を言われて、言い返したら二人もあたしのそばから離れていってしまった。

奈津美とあかりは絶対に来てくれないだろう。チャンスがあるとしたら真優だ。

さっきひどい態度を取ってしまったけど、真優なら謝ったら許してくれるんじゃないかと思った。

【真優、さっきはごめんねー。それでお願いがあるんだけどさ、今週末に高校生の男子と会うことになったんだけど、一緒に来てくれないかな？】

なるべく軽い感じの文章を打って送信する。返事が来るのをドキドキしながら待っているとママが仕事から帰ってきた。手には近所のお弁当屋さんの袋を持っている。

「おかえり」

「ただいまー。もうちょっとしたらママ出かけてくるから、これ食べててくれる？」

「……わかった」

鼻歌をうたいながら化粧を直し始めるママは、これから彼氏と会うんだろうな。何歳になっても、恋って楽しいんだ。あたしも今、サトルくんのことを考えると楽しいよ。

「ねぇママ」

「んー？」

「あたし、彼氏できるかも」

サトルくんもきっとあたしのことが好きだし、あたしもサトルくんが好き。つまり両想いってことだ。気が早いかもしれないけど報告したら、ママはパッと子どもみたいな笑顔になった。

「えー、よかったじゃん。どんな子？　今度会わせてよ」

「あはは、いつかね」

「楽しみ。そうだ、ママの化粧品とか髪の毛のやつとか使っていいからね」

「本当？　ありがとう」

まるで友達みたいな関係。他の子のお母さんより若くてきれいなママは、あたしの自慢だ。

「じゃあ行ってくるね」

「はーい」

パタンと古い扉が閉まる。ママのことが大好きだけど、この瞬間だけはちょっとだけ寂しいって思う。

スマホをいじりながらお弁当を食べてると、真優から返信が来た。久しぶりのやり取りに少しだけうれしくなる。

【さっきのことは気にしてないよ。でも高校生と会うとかは、わたしは行けないよ。向いてないと思うし。それに土曜日は用事があるんだ】

確かに、真優はあんまり男子としゃべってるイメージないからどちらかというと向いてないのかもしれない。でも、来てくれないと困るんだ。

【ただ来てくれるだけでいいの。土曜の十三時に泉岡の駅なんだけど】【そうだ、電車賃もあたしが出すから、お願い】

続けて打って、土下座したネコのスタンプも送る。お弁当代を少しずつ貯めていてよかった。ここまで人に頼み事をしたのははじめて。だけどまた返事が来なくなって焦ってしまう。

【ボランティア、あと一人いなくて困ってるんでしょ？　来てくれたらあたしやるから！】

吉岡もいるし小野とも気まずいけど、背に腹は代えられない。それから五分くらい経ってようやく真優から返事が来た。

【ボランティアは無理しなくていいよ。やっぱりわたしは行けない。ごめんね】【咲、高校生に会うなんて大丈夫なの？】

既読はつけたけど、返事はしないでトークルームを閉じる。

ここまで頼み込んでるのに来てくれないなんてひどい。そう思ったけれど、よく考えたらあたし、真優のお願いを聞いたことなんて一度もないかもしれないな。

なぜだか切ない気持ちになりながら、あわてて他に来てくれそうな人を探す。一年や二年のときに同じクラスだった子で、あたしとしゃべってくれそうな女子……。

友達一覧に登録されている名前を見ながら、あたしは一晩中悩み続けた。

……土曜日の昼、あたしは一人で泉岡の駅前にいた。
真優に断られたあと五人くらいにラインを送ったけれど、どれも返事が来なかった。もちろん最初は詳しいことを言わないで挨拶を送っただけ。それなのに返事がないのは無視されているのか、知らないうちにブロックされてしまっているのか。考えてもわからない

し虚しい気持ちになるだけだった。

【友達みんな予定が合わなくて来られないんだ、ごめんね】

サトルくんにそう伝えて延期になるかと思ったけど、なんと予定どおり土曜日に会うことになってしまった。一対一は余計に緊張するかもしれない。でも付き合ったら毎回二人で会うんだから慣れないと。つまり今日は初デートってことだ。

なるべく大人っぽく見えるような私服を着て、メイクをして、髪だって巻いた。ほんの少しだけママの香水もつけた。

堂々としていれば大丈夫。それに、うそをついちゃったのも、気持ちが通じ合った後なら許してくれるはず。

心臓が飛び出てしまいそうなくらいドキドキしながら待っていると、

「サキちゃん？」

バッグにつけたウサギのキーホルダーを目印に声をかけられる。

顔をあげるとそこには、思っていたよりもかっこいい男の子が立っていた。

「よかった、会えた」

彼――サトルくんは、わたしの目を見てうれしそうにそう言った。笑うと目元にシワができる。背は低いけど鼻が高くて目も二重で、モテるだろうなって感じ。凛々しい顔つきの小野とは真逆なイメージだって思って、心の中で首を横に振る。

「は、はじめまして」

「あはは、なにそのかしこまった感じ。変なの」

そうだ、サトルくんの中のあたしは高校生なんだ。いつ言い出そう。もう少し打ち解けてからのほうがいいよね。そういえば一昨日くらいにカフェの新作フラッペが美味しそうっていうやり取りをした。もしかしたら今日はそのカフェに連れていってくれるかもしれないから、そのときにでも……。

「その子がサキちゃん？　かわいいじゃん」

「ほんとだー。いかにもサトルの好みっぽい」

あれこれ考えていると、サトルくんの後ろから別の男の子たちが顔を出した。

髪が長めでちょっとだけヒゲを生やした人と、茶髪でたくさんのピアスをつけた不良って感じの人。サトルくんは「でしょ？」と口の端をあげて言う。

「えっ？　今日ってサトルくんだけじゃないの？」

この人たち、サトルくんの友達かな。あたしが他の女子を連れてこれないと伝えたから、複数で会うのはやめになったはずだと思っていたけれど。

「ああ、やっぱりこいつらも来たいっていうから連れてきちゃった。今からでもテキトーに誰か呼べないかな？　友達とかさ」

　首をかしげながら目を細めるサトルくんの笑顔がなんだか怖いと感じる。パッと思い浮かんだのは、小さいころ図書室で読んだサーカスの絵本の白い仮面。

　あたしはうなずくしかできなくて、あわててスマホを触る。どうしよう、呼べる友達なんて本当にいないのに。今日は二人きりじゃなかったの？

　すると突然、サトルくんの手があたしの髪の毛を触ってきた。

　びくっ。耳に軽く指が当たって、思わず体が跳ねる。

「なにその反応。かわいー」

　その手が、まるで自然なことのように頭から背中のほうへと降りていく。体だって十センチもないくらい近くにある。はじめて会ったのに触ったりこんなに近づいたりするなんて、高校生ってそういうものなのかな……。

「てかどうする？　ラウワンか、それかカラオケ行く？」

　サトルくんの言葉に、茶髪ピアスの人が返事をする。

「そういや西口のカラオケ、年確ないって」

「まじで？　じゃあそこ行くか」

「おー」

ヒゲの人のポケットに四角い箱が入っているように見える。

ママが吸っているからわかる。あれ、たぶんタバコだ。

ドクン、ドクン。心臓が嫌なふうに音を立てる。まさかサトルくんもタバコを吸うのかな。

十八歳って大人だからいいんだっけ。いや、成人してもお酒やタバコは二十歳からだって学校では言ってた。

「ね、ねぇ。サトルくん……」

この人たちといるのはまずいのかもしれない。普段そんなにまじめじゃないあたしだけど、さすがにおじけづいてしまった。

不安になって名前を呼んだあたしのことを、サトルくんはじっと見ていた。

「写真でも思ったけどさ、やっぱりサキちゃんかわいいよね。スタイルもいいし。俺、サキちゃんみたいな子、好きだな」

……好き。

その言葉をサトルくんの口から言われたら、飛び上がるほどうれしくて舞い上がってしまうと思っていた。

だけど今のサトルくんの「好き」は紙のように軽くて、気持ちなんてこもっていないように聞こえる。

顔から足のほうへ、だんだん下がっていくサトルくんの視線。

いったいあたしのなにを見て、「好き」だと言ってるの？

「サキちゃん？　どうした？」

「……あ、あたし、その」

「あ、こいつらイカツイからビビっちゃった？　大丈夫大丈夫。それか、サキちゃんの友達来たら二人で抜けよっか」

サトルくんと二人がよかった。そう思っていたはずなのに、それすらも怖い。

「暑いしとりあえず行こうよ。友達はカラオケに呼べばいいからさ」

しびれを切らしたサトルくんがあたしの腰に手を添えてきた。

行きたくない。それなのに、拒否したら幻滅されてしまうのかもしれないという気持ちもよぎる。

このままついていくのも嫌。でも、きらわれるのも嫌。

うながされるまま、泣きそうになりながら歩いていると。

「咲！」

突然、甲高い声があたしの名前を呼ぶ。

必死な顔で駆け寄ってきたのは真優だった。

「な、なにしてるんですか。やめてください！」

顔を真っ赤にしてサトルくんに叫ぶ真優を見て、あたしの目から涙がこぼれる。

こんな真優、小学校でも中学校でも見たことない。

「あれ、サキちゃんの友達？　もう来てくれたの？」

サキちゃんとはちょっとタイプ違うね、なんて言って真優のほうに伸ばされた手を、長くて太い腕が止める。

「ストップ。俺たち全員、中学生っすよ」

その低い声の主を見て、ついにまぼろしを見ているんじゃないかと思った。

「小野……？」

小野はあたしのほうを見ずに、サトルくんたちをにらみ続ける。

よく見ると、その後ろにはケンちゃんと吉岡の姿もあった。

「はぁ？　中学生？　まじかよ」

戸惑った様子のサトルくんに、小野はポケットから自分の生徒手帳を取り出して見せた。

「本当ですって。ほら」

「聞いてねーし」

「そっちがかんちがいしたんじゃないですか。なにが目的だったか知らないけど」

乾いた笑いを浮かべた小野がサトルくんを見下ろす。

するとサトルくんは眉をひそめながらあたしを見て、それから小さな声で言った。

「いや、自撮りばっかあげてるし住んでるところも載せてるし、てっきりサキちゃんも出会い厨なのかと思って……」

その言葉に唖然とする。

あたし、ただたくさんの人に「かわいい」って言ってほしくて自撮りをあげていただけなのに、そんなふうに思われてたの？

なにがなんだかわからなくて、余計に涙が出てくる。

「まぁ、中学生だろうと高校生だろうと、嫌がる女子を連れていこうとするのはまずいっすよね」

自分よりずっと背が高くて体格もいい小野に言われて、サトルくんはチッと舌打ちをする。小野の手を振り払うと「行こうぜ」と二人を連れて去っていった。

岩ノ松よりずっと人通りの多い泉岡の駅。揉めているあたしたちを見ても立ち止まる大人はいない。

「……バカじゃねーの」

ようやくこっちを見た小野は、顔をしかめてそう言った。汚いものを見るような目。悲しくて情けなくて、涙も鼻水も止まらなくなった。

「ほんとに、咲はバカだよ！　なにやってるの⁉」

あたしの手をぎゅっと握って怒った真優は、ポロポロと涙を流していた。どうして真優が泣くの。そう聞きたかったのに涙のせいで言葉が出てこない。

「……とにかく、大変なことになる前で本当によかったよ」

ケンちゃんがうつむきながら説明してくれる。みんなはボランティアに持っていく道具を買いに泉岡まで来てたんだけど、真優があたしのことが心配だって言いはじめて、この時間にここに見に来てくれたらしい。

そうだ、『土曜日の十三時に泉岡の駅で高校生に会う』っていうこと、真優を誘ったときに伝えてたんだ。

「俺の知ってる岩工の先輩が、ＳＮＳで女子に声かけて遊びまくってるやつがいるって言ってて。もしかしたらと思ってその話したら、鈴木が『絶対行く』って言い出して。優しいよなぁ、俺は遠藤の自業自得だろとしか思わねーけど」

低い声で言う小野。ケンちゃんはわたしの顔を見て気まずそうに眉を下げた。

「小野、言い過ぎだよ。遠藤さんだって傷ついてるんだから」

「だってそうだろ。あと俺、人気者目指していい顔すんのやめたから」

どうやら小野は「みんなに優しいクラスの中心人物」でいることをやめたらしい。あたしを振ったときもめんどくさそうな顔をしていたから、たぶんそっちが本当の小野なんだと思う。

「ま、真優。どうして、あたしの、ために……っ」

ポロポロと泣き続ける真優に、涙でぐずぐずの声を振りしぼって聞く。

すると真優は、まっすぐあたしのほうを見て言った。

「……わたし、咲とはいろいろあったけど、どうしてもきらいにはなれないの。三年生になって一人だったわたしをグループに入れてくれたことには感謝してるし、一緒にいて楽しかったこともたくさんあったから……」

どうしてそんなに優しいの？　どう考えてもあたし、真優にとって「嫌なやつ」だったじゃない。

優しくて気が弱い、そんな真優にわがままばかり言って困らせた。あたしのそばからいなくなるのが嫌だから、逆らえないように強気な態度ばかりとった。

だって……。

「……真優、あたし、寂しいの。ずっと……」

今のママの一番は、きっと彼氏。

クラスではぼっちで、親友と呼べるような友達もいない。

世界にたった一人みたいな感覚がして寂しくて、誰でもいいからあたしのことを『いいね』って言ってほしくて。それで自分の写真をSNSに載せはじめた。

結局、寄ってきたのは出会い目的の遊んでそうな男子。彼はきっとあたしじゃなくてもよかったんだ。かまってくれるなら誰でもいいと思っていたはずなのに、やっぱりあたし自身を見てくれる人がいいなんて、わがままなのかな。

「だからって、ダメだよ。あんなことしちゃ」

「真優……」

「でも、ごめんね。咲が寂しいって、気づいてあげられなくて」

そんなことを言われて、涙が止まるはずがなかった。あたしのほしいものはすぐ近くにあったのに、自分で壊してしまっていたことに気づいた。

「あたしも、ごめん……」

顔を見合わせてボロボロと泣き続けるあたしと真優の間に、スッとポケットティッシュが差し出される。

見ると、ティッシュをくれたのは真顔の吉岡だった。

「使って」

真優は「ありがとう」と受け取って、一枚取ってあたしに渡してくれた。素直に小さな声でお礼を言ってはなをかむ。

涙が落ち着きはじめたころ、吉岡はあたしの顔をじっと見てきた。

「な、なに」

「わたしが転校してきたとき、最初に声をかけてくれたのは遠藤さんだった」

ああ、そういえばそうだったかもしれない。東京から来た転校生にあこがれて仲良くなろうと、一番に話しかけたんだっけ。

「……でもあたし、すぐあんたにひどいこと言われたけどね」

ぽかんと首をかしげる吉岡に苦笑いする。たぶん吉岡もあたしと一緒で、言葉や態度で人を傷つけるタイプの人間だ。あたしがいつも吉岡に突っかかったのは、同じように寂しいはずなのに、そんなことを気にしていないような強い心がうらやましかったからかもしれない。

「ねぇ。ずっと気になってたんだけど、吉岡さん、咲にどんなこと言ったの？」

「わたし、本当に心当たりない……」

真優の質問に真剣な顔で悩みはじめる吉岡にびっくりする。あたしはあのときの言葉を忘れたことなんてないのに。

「えっ、あたしあんたに『イモムシみたい』って言われたんだけどっ」

いつも虫についての本を読んでいる吉岡に虫の話題を振ったら、白黒の毒々しいイモムシの写真を指さして『遠藤さんはこういうイメージだね』って言われた。

「あれって、田舎者でイモっぽいってことでしょ？」

あれから吉岡とは二度としゃべるもんかって思ったんだ。

すると吉岡は目を見開いて言った。

「あ……。あれは幼虫じゃなくて成虫のほうをイメージしていて……」

「成虫？」

「うん。遠藤さんのこと、パッと見てチョウみたいな人だなって思ったから言ったの」

「……えっ？」

まさかの発言に、あたしは言葉を失ってしまう。

は、なにそれ？　チョウ？

「ジャコウアゲハっていって、人を恐れないでゆっくり飛ぶの。幼虫のとき毒をもつ草を食べているから強いの。この華やかな模様は、毒があることをアピールするためだっていう人もいる」

吉岡から聞いた名前を検索する。出てきたのは、普通のアゲハチョウとは違う色と模様のチョウの写真。この辺りではたぶん見たことがない。

オスは黒くて、メスはアッシュっぽいブラウン。下のはねのあたりに模様が入ってる。

「この模様、逆さまのハートに見えるね」

スマホをのぞき込んできた真優がそう言った。

吉岡はうなずいて、さらに話を続ける。

「あのとき遠藤さん、小さくハートが描かれたヘアピンつけてて、それが似合ってた。クラスの中でもハッキリしてて、自分を持ってる印象で……見た目もきれいだし。チョウの中でもジャコウアゲハっぽいなって」

あ。毒がある虫に例えるのは、きっと失礼だったよね。ごめん。

そう謝られて拍子抜けしてしまう。後ろで小野とケンちゃんがくすくす笑ってるのが見えた。

「でもね、ジャコウアゲハのメスは、一生に一度しか交尾しないの」

「こっ……」

交尾だなんて、いきなりなに言ってるの。驚いていると吉岡は勝手に説明をはじめた。

「最初に交尾したオスが、メスのお腹に栓をしちゃうんだって。交尾栓っていうんだけど。メスが別のオスと交尾するのを妨げる機能があるんだ」

「ええ。なんか嫌だな。このメスは俺のもの、みたいな……」

真優が口をとがらせる。虫のマニアックな話に口を挟むなんて意外だ。

「なるほど。女子の目線だとそういう考えもあるんだ」

「吉岡さんだって女子じゃん」

「そうだけど、オスの本能がすごいなって思ってた。複数回交尾したメスは寿命が短くなりやすいって実験結果も出てるし」

「……吉岡さん、将来変な人に引っかからないでね」

「？　うん」

目の前で親しげに話す真優と吉岡を見て、寂しい気持ちがこみ上げてくる。

二人、いつの間にこんなに仲良くなったの。あたしのことはきらいじゃないって言ってくれたけど、結局吉岡のほうがいいんでしょ。

そう思ってうつむきかけたあたしの両肩を、真優の手が揺さぶる。

「もちろん、咲もだよ」

そのまっすぐなまなざしにハッとする。

いつも空気を読んであたしに合わせていた真優。だけど今はすべて本心で話しているってわかる。

やっぱりあたし、なにもわかってなかったんだな。あたしに合わせるっていうことは、いつもあたしを気にかけていたということでもあったんだ。

「鈴木さん、遠藤さん。メスには一気に三、四匹のオスが寄ってくることもあるんだけど、それでも交尾できるのは一匹だけなんだよ。オスとメスが近づいても交尾に至らないケースもあるみたいだし」

まだ交尾の話を続けようとする吉岡にびっくりする。でも、次の言葉を聞いたら、吉岡が言いたかったことがようやくわかった。

「本能で、一生を捧げてもいいくらい自分にふさわしい、たった一匹のオスを選ぶんだと思う」

自分にふさわしい、たった一匹。

不覚にもまた涙が出そうになってあわててうつむく。

吉岡、遠回しに「自分を大事にしろ」って言ってるんでしょ？　あたしと同じで、言葉足らずで不器用だよね。

「……ふーん。虫には興味ないけど、このチョウ、なんかいいね」

いつかあたしにも、たった一人の大切な人が現れるだろうか。

その日が来るまで自分を磨いていたい。このチョウみたいに毒があってもいいから、強くてきれいでありたい。

そのために、目の前の大事なものを手放さない努力をしようと思った。

「真優、吉岡、小野、ケンちゃん。今日はありがとう。もう絶対こんなことしない」

涙をぬぐって四人と向き合う。小野だけは斜め上を見ていた。

「それでね、その……えっと」

素直になるって難しい。拒絶されるかもと思うと緊張する。

だけどもう寂しいのは嫌で、変わりたくて、そのきっかけを作れるのは自分しかいないから。

「も、もしよかったら、あたしをボランティアのメンバーに入れてください。きらわれてるのはわかってるけど、活動はちゃんとやるから……」

頭を下げると、アスファルトに涙がボタッと落ちた。今日一日で一生分泣いてしまったような気がする。

意外にも、最初に言葉をくれたのは吉岡だった。

「わたしは、ちゃんとやるって言ってくれる人が入るのは、いいと思う」

鼻の奥がツンとして鼻水まで出てきた。

そんなあたしの背中を真優がさすってくれる。

「まあ、リーダーがいいならいいんじゃない」

「そうだね」

小野とケンちゃんはあたしの顔を見ずにそう言った。

きっと本心では、あたしのこと嫌なんだろうな。一度持たれた悪いイメージは変えられないかもしれないけど、少しでも見直してもらえるように頑張りたい。

「これでぴったり五人。ホタルを見に行ける」

吉岡がそう言ってほんのちょっとだけ笑う。それがなぜだかうれしい。

絶対にこの人たちのことを裏切らないって、あたしは心に誓った。


【ジャコウアゲハ】

分布……本州以南
時期……5月～8月
体長……42mm～60mm
山地や平地の森林、農地、河川等に生息。東北の寒い地域ではあまり見られない。メスのはねの色は南の地域に住む個体ほど濃くなる傾向がある。

ゲンジボタル

『蛍子』って名前は『自分の力で輝いて生きていけるように』という願いをこめてつけたんだって、幼いころ母から聞いた。

わたしの父は大学の農学部で昆虫の生態を研究している。家には生き物や虫の本がたくさんあって、父の部屋にはめずらしい標本が飾られていて、よく昆虫採集に連れていってもらった。

だから『どうしてそんなに虫が好きなの？』って聞かれても「そういうものだから」ってしか説明できない。

マンガが好き、ゲームが好き、アイドルが好き。みんながそう思うのと同じように、わたしは昆虫が好き。幼いころから好きだったから、今もずっと好き。

あえて理由をつけるなら、この世界の中では圧倒的に弱い立場なのに、進化を繰り返しながら必死に生きている昆虫たちをかっこいいと思ってる。そもそも昆虫の起源は四億年以上前で、人類が誕生したのはたったの七百万年前だ。虫のほうがわたしたちより先輩じゃんって考えることもある。つまりはリスペクトだ。

小学校中学年くらいまでは、理科の授業でわたしはヒーローだった。みんなが知らない虫の知識を話せば喜んでもらえたし、飼育を率先してやって頼られていた、と思う。

……だけど、高学年くらいからどんどん周りの価値観が変わっていったみたい。中学校に入学してからは、虫を好きだと言ったら笑われ、変人だと距離を置かれるようになった。

こんなとき、普通の人だったら虫が好きなことを隠すんだろう。学校では興味がないフリをして家でだけこっそり楽しむとか、そもそも他の趣味を見つけるとか。

だけどわたしにはそれができない。

自分を曲げることができないし、周りに合わせて適当な話をすることも苦手。うそがつけなくて、思ったことがそのまま口から出てしまう。

『こう言ったら相手が喜ぶ』とか『傷つけてしまう』とか、どうして実際に言う前からわかるの？

みんな、目の前の人の気持ちがわかる能力でも持っているの？

だとしたらみんなのほうがエスパーだ。

『空気読めない』『ひどい』『最低』。そんな言葉を飽きるほど言われるわたしは、みんなと比べてなにかが欠けているのかもしれない。今のうちにそう気づけただけでも幸運な気がする。だって、それならそれで、あらかじめ対策して生きていけばいいんだから。

これからは必要以上に人としゃべらないようにしよう。

そうすれば自分も、話す相手も傷つかずに済む。

転校前にそう決意したわたしには、一生友達なんてできないって思っていた。

夏休みに入って二週間。

ジワジワと鳴くアブラゼミの声に包まれながら、わたしはせっせとカゴを編んでいた。

東京ではミンミンゼミの声のほうが目立って聞こえたけど、ここではアブラゼミのほうが多いみたいだ。

「まさか近所の小学生たちのぶんも作ることになるとはなぁ」

図書館のロビーにあるテーブルを囲むのは、四人のクラスメイトたち。ホタルを守る環境保護ボランティアに一緒に参加するメンバーだ。

ボランティアの参加人数が五人一組だと聞いたとき、わたしは心の底から焦った。だってわたしはクラスの人とまともに話したことがないし、周りから一線を引かれているのもわかっていたから。

わたしと一緒になにかをしようと思う人なんていない。そう思っていたのに、一学期中になんとか五人組を作って申し込むことができた。学校が休みの日にクラスメイトと集まるなんて、今でも少し信じられない。

「しかたないよ。ボランティアの主催者に頼まれたんでしょ」

「そうそう。俺の親父が担当の人と知り合いだったみたいでさぁ。俺が蛍籠作ってるって話したら『ぜひ小学生たちのぶんも作ってくれ』って。ほんと余計なこと言ったよな」

そう話して『みんな手伝わせてごめん』と謝ってきたのは、小野航平。

誰にでも分け隔てなく接するところが人気なんだろうけど、本心が見えない感じがして実は少しだけ苦手意識があった。ボランティアのメンバーで話すときはわりと平気で、蛍籠作りもいろいろ教えてもらっている。

「作るのはいいんだけど、ホタルって捕っちゃダメなんでしょ？」

「それな。『伝統的なものを小学生にも見せたい』らしいよ。おっさんたちが考えそうなことだよな。せめて一個五千円くらいで買い取ってくれればいいのに」

「はは、五千円はちょっと高くない？」

その隣で苦笑いしている小柄な男子は長谷部健都くん。

おだやかで頭がいい彼は、実はホタルではなく雌雄モザイクのカブトムシを探すことが目的だったりする。雌雄モザイクの個体はわたしもずっと探していた。もし長谷部くんに先に見つけられてしまったら悔しくて号泣するかもしれない。

「待って。小野もケ……長谷部も、器用すぎない？」

男子の手元をのぞき込んで焦っているのは遠藤咲さん。

彼女はわたしと同じで気持ちを遠慮なく言う性格だ。どうせ同じなら遠藤さんみたいに堂々とした人間に生まれたかった。教室でも話しかけてくれるようになったけど、本を読んでいる時はつい返事がおざなりになってしまって、その度に軽く怒られる。

「咲、爪が長いからやりづらいんじゃないの？　爪切り使う？」

そして、遠藤さんとわたしの間で苦笑いしているのが鈴木真優さん。

わたしは今まで生きてきて彼女より優しい人と出会ったことがない。八方美人だと言って泣かせてしまったのに、鈴木さんはわたしとしゃべってくれるから不思議だ。

「……じゃあ、爪切ろっかな」

「そしたらいったん休憩してメシ食わねぇ？　腹減った」

小野の提案で手を止めてお昼ご飯を食べることになった。小野と長谷部くんは二人でコンビニへ向かう。わたしと鈴木さんと遠藤さんは家から持ってきたお弁当をテーブルの上に広げた。

「咲のお弁当、きれいだね」

「ふふ。これ、自分で作ったんだ」

二人の会話を聞いて遠藤さんの手もとに視線を向ける。

彩り豊かなかわいらしいお弁当に驚いて「意外だね」の「い」まで口から出かけた。あぶない、また余計なことを言ってしまうところだった。止められるなんて大きな成長だ。

「咲って料理得意なんだっけ?」

「ううん、今勉強中。変なやつに引っかからないように、自分磨いて完璧女子目指そうと思っててさ」

鈴木さんの問いかけに、遠藤さんは箸をくわえたまま答えた。それを見た鈴木さんは苦笑いしながら言う。

「完璧女子は、箸を噛みながらしゃべんないと思うよ?」

「あ……真優に言われて気づいたけど、やっぱクセになっちゃってるっぽい。やめなきゃ」

こう見えてこの二人はつい最近まで、誰が見てもわかるくらい仲違いをしていた。

さらに遠藤さんは、小野に告白して振られたばかりらしい。

それでもみんな肩を並べて同じ作業をしているんだから、昆虫に負けないくらい人間も不思議でおもしろいなって思う。

黙って話を聞いていると、遠藤さんは男子がまだ帰ってこないことを確認してから小声で言った。

「……あとさ、やっぱりあたし、小野のことまだ好きなんだ」

「えっ、でも……」

驚き顔の鈴木さんに、遠藤さんは首を横に振る。

「無理なのはわかってるよ？　小野もある意味普通に接してくれてるから、もう本人に言ったりしないし。でも、この気持ちが消えるまでは勝手に好きでいようかなって思う。そのほうが自分磨きも頑張れるからさ」

「……そっか」

振られてしまっても好き、なんていうことがあるんだ。わたしは恋をしたことがないからわからない。一人の人間にこだわるようなことは、きっと一生ないと思うけれど。

「いいなぁ、好きな人」

うっとりしたように鈴木さんは言った。恋って、そんなにいいものなのだろうか。

「真優はいないの？」

「いないよ。吉岡さんは？」

「いない。いたこともない」

鈴木さんの質問に答えると、遠藤さんがクスッと笑った。

「吉岡の恋の相手は虫じゃない？」

「……好き＝恋だと言っていいのなら、そうなのかも」

「まじかー、やっぱりね」

今、生まれてはじめて『恋バナ』というやつに交ざっていることに気づく。わたしはほとんど聞いていただけなのに、ものすごく貴重な経験をしたような気分だ。「吉岡さんらしいね」と鈴木さんは言った。

「アイス買ってきたー」

やがてコンビニからもどってきた小野と長谷部くんは、わたしたちのぶんのアイスも買ってきてくれたようだ。「このくらい別に払わなくていい」と言われたけど、みんなでお金を渡す。財布が小銭だらけになったと小野は苦笑いした。

急いでお弁当を食べて、話しながらアイスを頬張る。

この瞬間も、なんだかやっぱりわたしの現実じゃないみたいだ。それでもアイスが冷たくて歯がキンとしたから、夢や幻ではないと思うことができた。

「あ、あの。言おうか迷ったんだけど、遠藤さん、右のほっぺだけちょっと赤くない？」

長谷部くんが遠慮がちに聞くと、遠藤さんはアイスを持っていない右手で自分の頰を押さえる。

「あー……。実はあたし、この前の高校生とのこと、今朝、ママに話したんだよね」

「えっ⁉」

「うわぁ……よく言えるな」

「怒られなかったの？」

鈴木さんも小野も長谷部くんも目を見開く。もちろんわたしもびっくりしている。

あのことは五人だけの秘密ということになった。でも遠藤さんは悩んだあげく、お母さんに告白したという。

「めちゃくちゃ怒られたよ。それで一発だけ叩かれたのがこれ」

よく見ると確かに右の頰だけ腫れている。叩かれたというのに、遠藤さんはなんだかうれしそうだ。

「わたしが寂しくさせたせいだって、ママ、泣いてたの。それから夜に出かける回数もちょっとずつ減らすって約束してくれたんだ」

　遠藤さんの話を聞いて、小野は天井を見上げた。

「そういや俺も、昨日ばあちゃんとめっちゃケンカした」

　長谷部くんが「なんで？」と一際驚いた表情で聞いた。

「いやー、またテレビに出てる芸能人見て『みったぐない』とか文句言っててっからさぁ。あの人とばあちゃんは関係ないじゃんってツッコんじゃったんだよね。そっから俺の私服もチャラチャラしてるとか近所の目考えろとか意味わかんねーこと言ってきて、俺もキレて、口ゲンカみたいな。結局うちのばあちゃんって世間体ばっか気にしてるんだよね」

　世間体か。うちの母もそうだから、その不満はわかる気がする。

　大人はみんなそうなのかな。でもうちの祖母は小野のおばあさんと違って温厚だ。ただ面倒なことがきらいなだけかもしれないけど。

「へぇ。小野ん家も大変そうだね」

「ムダにでかい家だからな。でも、昨日は親父もいたんだけど、意外とばあちゃんのこと止めてくれたんだよね。てっきりばあちゃんの味方すると思ってたからびっくりした」

　小野のお父さんは、航平はまだ中学生なんだから世間体を気にさせるのは早いって、おばあさんを説得してくれたそう。

「俺も今度、ちゃんと親父と話してみっかなぁ。周りは俺のこと『跡継ぎ』って呼んでるけど、親父本人の気持ちは聞いたことなかったからさ」

「小野って一人っ子なんだっけ」

「うん。だから順当にいけば俺しかいないんだけど、継ぐとしたら、高校出たらすぐやんなきゃいけないのかとか、そもそもずっと石屋で食っていけるのかとかさ。住んでるくせに家のことなんにも知らなかったんだよな」

みんな意外と家族との関係に悩んでいるんだ。遠慮しないで本音で話し合えるなんて、わたしから見たらすごい。離れて暮らしている父と最後に話したのはいつだったかな。父どころか、一緒に暮らしている母とさえ……。

「……蛍子？」

最後の一口になったアイスを口に入れようとした瞬間、横から声をかけられる。見ると、そこにいたのはわたしの母だった。

ポタリ。口に入れ損ねたアイスがテーブルに落ちる。

「お母さん」

めったに外出しない母が、どうして図書館に？

ロビーも空調が効いているはずなのに手のひらから汗が噴き出してくる。

わたしの母、と聞いて四人はそれぞれ挨拶をして頭を下げた。

「友達と一緒に勉強してたの？」

最初はうれしそうな母だったけれど、端に寄せていた作りかけの蛍籠を見て笑うのをやめた。

「勉強じゃなくて、明日のホタルのボランティアの準備してるんです」

「……ホタル？」

小野の言葉に母の目の色が変わる。わたしはあわてて立ち上がって母の背中を押した。

「違う、それに別に友達とかじゃないから。じっと見ないで」

なにか言いたそうな母だったけど、みんなの前だから遠慮したのか、しぶしぶ帰っていく。

母が去ってから、こぼしてしまったアイスを拭いた。「ごめん」と謝ったら、四人は気まずそうな顔でわたしのほうを見ていた。

「わたしのお母さん、わたしが虫を好きなこと、よく思っていないから」

そう言ったら余計にしんみりした空気になってしまった。ただのクラスメイトにこんな重い話をされても困るだけだと気づく。ああ、また失敗してしまった。

それからお弁当を片付けてもくもくとカゴを編み続けたけれど、どうしてか午前中ほど会話は弾(はず)まなかった。

午後五時。家に帰るとテーブルの上には、図書館から借りた本を見て作ったというおしゃれな料理の試作品たちが並(なら)んでいた。

「ホタルのボランティアってなに？　ただのゴミ拾いじゃなかったの？」

「……ごめん」

「やっとこっちの学校でも友達ができて、行事に参加するようになってよかったと思ったから、夜でも参加の許可(きょか)出したのに」

「…………」

「ねぇ。お父さんみたいになるから虫集めはやめなさいって、お母さん何回も言ったわよね？」

　エプロンをつけたままの母の眉(まゆ)が吊(つ)り上(あ)がる。参加申込(もうしこみ)用紙に印鑑(いんかん)をもらうとき、わたしは『自然保護(ほご)のゴミ拾いボランティア』としか説明しなかった。明日のボランティアにはそのまま参加しようと思っていた。

「まあまあ、いいじゃない。けいちゃん、ホタル見たことないんでしょう？」

「お母さんは黙ってて！　ダメなのよ、いつまでも子どもみたいなことさせちゃ……」

見かねた祖母が声をかけてくれるけど、母の機嫌は余計に悪くなるだけ。祖母はあっさりと口をつぐんでテレビを見始めてしまった。

昔……わたしが小学校低学年くらいまでは、わたしと父と母は仲良し家族だった。

虫オタクな父を、母はやれやれって感じで見つめながら笑う。三人で科学館や博物館にもよく出かけた。あのころの母は虫をきらっているようには見えなかった。

そんな家族のバランスが崩れてしまったのは、父が大学で准教授という職についてから。

講義や研究によりいっそう大忙しになった父は、わたしの教育をすべて母に丸投げしたらしい。『准教授の娘なんだから蛍子もいい高校や大学に行かなきゃね』と最初こそ張り切っていた母だけど、中学受験の前からだんだんやつれていったのを覚えている。

母と二人三脚で受験を乗り越えて入学した東京の私立中学。

わたしはそこで周りとなじめず、無神経な言葉でクラスメイトの女子を泣かせてしまった。その子の親が学校に連絡し、母は学校に呼び出されて先生から注意を受けたのだ。

『蛍子さんは少し人の気持ちを考える力が足りないというか……趣味も変わっているので

教室でも孤立していますし。ご家庭でも注意してあげてほしいのですが』

応接室で担任の先生にそう言われて真っ赤になって震えている母の横顔を、わたしは今でも忘れられない。

とどめはそれを知った父に『蛍子のことは任せていたのにどういう教育をしてたんだ』と怒られたことだったんだと思う。

「お父さんも蛍子も、虫のことばっかり。虫のせいでこんなことになったのよ」

と、父の研究対象であり、わたしの『変わった趣味』でもある昆虫を目の敵にするようになったというわけだ。

もとの中学に通いづらくなったのと、一人暮らしの祖母が転んで杖生活になったのは、偶然にも同じくらいのタイミングだった。

母は『お母さんのために』と理由をつけ、大学の仕事がある父とは別居して実家があるこの町に移り住むことを決めた。もちろん、わたしを連れて。

自然豊かなこの町のほうがたくさんの虫に出会えるのでうれしかったけど、虫網も虫かごも引っ越しのときに捨てられてしまった。父みたいな研究者は大人になってからも堂々と昆虫採集をしているのに不公平だと思う。

母はわたしに、一般的なコミュニケーション能力を身につけてほしいらしい。

虫ばかり追いかけるんじゃなくて、周りに合わせた趣味を持ちなさいとも言われた。それなのに勉強に集中できなくなるから、とスマホを買ってくれないのは矛盾している。転校してからは月に一度くらい友達ができたか聞かれて、首を横に振ると悲しそうな顔をされるのだ。遊ばせたいのか勉強させたいのかわからない。

「みんなと同じように、ちゃんとして」

それはもはや母の口癖みたいになっていて、今まで何度も何度も言われてきた言葉。母はきっと、わたしのことを欠陥品だと思っている。

でも、『ちゃんと』ってどうやるの。どうしてありのままのわたしを認めてくれないの。心の奥のほうがキュッと痛んで、苦しいはずなのに涙は出てこない。

暗い気持ちで部屋に閉じこもる。「家のことは完璧にやらなきゃ」という思いで作られたであろうおしゃれな料理には一口も食べなかった。

――それからすぐに雨が降ってきて、「明日の夜まで雨は続く」という天気予報が流れる。

朝起きても雨はしとしとと降っていて、なんと午前のうちに今日のボランティアは中止だという連絡が来てしまった。

ずっと楽しみにしていたのに、こんなに簡単になかったことにするなんて、神様はいじわるだと思う。

通学カバンから昆虫図鑑を取り出してホタルのページを眺める。こういう本を家に置いておくと母がうるさいから学校へ持ち歩くようにしていた。

【せっかく準備したのに残念だな】

【せめて延期にしてくれればいいのにね】

【雨だとホタルっていないの？】

タブレットにインストールしたラインのアプリの中で、小野・長谷部くん・遠藤さんが会話をしている。

【雨の日は木陰とか葉の裏に隠れるからホタルはあんまり飛ばないよ】

そう答えを送信したけれど、それに対する返事が途切れた。わたし、またなにかやってしまったのだろうか。知らず知らずのうちに人を怒らせた経験なんてたくさんあるのに、この四人相手だと焦ってしまうのはどうしてだろう。

タブレットを見る、図鑑を眺める、またタブレットを見る。そんな時間を過ごしていると。

【ねぇ。ボランティアは関係なく、五人でホタルを見に行かない？】

突然そう発言したのは鈴木さんだった。

ボランティアに行かないのにホタルを見に行くの？　わたしたち五人だけで？

【でも飛ばないいんじゃないの？】

【雨、夕方にはあがるって言ってた】

遠藤さんと鈴木さんのやり取りに窓の外を見ると、確かに雨の勢いは弱まっている。蛍が見られる好条件は、曇った蒸し暑い夜だ。つまり雨上がりはベストなタイミングだと、鈴木さんは知っているのだろうか。

【俺は平気だけど、みんな行ける？】

【僕は大丈夫。中止になったってまだ親に言ってなかったし】

【あたしも平気。真優も大丈夫なの？】

【みんなと一緒だから許してもらえそう。吉岡さんは？】

実際に対面して話しているわけじゃないのに、肩がビクッと跳ねる。わたしは無理だ。母から許しが出るはずがない。

でも……。

画面の向こうにいる四人の顔が思い浮かぶ。

ああ、そうか。

わたし、ただホタルが見られればいいんじゃなくて、みんなと見に行きたいと願っているんだ。

【反対されると思うけど、説得してみる】

と送信して、買い物に出かけた母の帰りを待った。

どんなに気まずい思いをしても、次の日には何事もなかったように接してくる母のことが苦手だ。

小さいころはたくさん遊んで虫のことを教えてくれたのに、仕事が忙しくなるとわたしのことを母に押しつけた父のこともきらい。

でも、そんな二人がつけてくれた『蛍子』という名前だけはきらいじゃなかった。名前の由来になったホタルを、この目で見てみたかった。

実は東京にだってホタルはすんでいる。でも親がついてきてくれないから、夜に探しに行くことはできなかったのだ。

「お母さん。わたし、みんなとホタル見に行ってくる」

時刻は午後六時半。台所に立とうとしていた母は、細い目をこれでもかと見開いてわたしを見た。

「……なに言ってるの。子どもだけで夜に出歩く気？」

「みんなはそれでも行くって言ってる」

「うちはダメよ」

夜だからダメなのか、ホタルだからダメなのかわからないけど、やっぱり反対された。

いつものわたしなら、話し合うことを諦めてそこで引き下がっていたと思う。

「お願い。……どうしても行きたい」

「……蛍子？」

驚いている母から目をそらさずに、わたしは自分のこぶしをぎゅっと握りしめた。

また、ボランティアのメンバーたちの顔が思い浮かぶ。

友だちとケンカしてでも自分の気持ちを大事にすることに決めた鈴木真優さん。

変化に戸惑いながらも今の自分のことを受け入れはじめた長谷部健都くん。

現状に焦らず自分の道を探すことにした小野航平くん。

寂しいと感じていることを認めて、自分を変えようと決めた遠藤咲さん。

自分と同じ、十五歳のクラスメイトたちが成長していく。

わたしも『どうせわかってもらえない』と簡単に逃げ出すのをやめたい。

みんなみたいに、勇気を出して変わりたいんだ。

「お母さんの思ったような子になれなくてごめん。でも、これがわたしだってわかって欲しい……」

頭を下げたわたしに母がうろたえながら駆け寄ってきた。

「これがわたし、って……このままじゃ将来困るのは蛍子なのよ？」

「困るって、どうしてそう決めつけるの？　お母さんが虫がきらいだからそう言うんでしょ？」

母はきっと、虫への恨みをわたしにぶつけているのだ。わたしの反論にムッとした顔をした後、目を吊り上げた。

「いつまでも子どもみたいな趣味を持ってるから、周りとうまくやっていけなくなるのよ。前の学校でそうだったでしょう」

「それでも！　自分の好きなことを大切にして生きている人はたくさんいるよ。わたしも、自分の気持ちを大切にしたい」

母の言うとおり、わたしは高校に行っても大学に行っても、周りとの関係で大変な思いをするのかもしれない。

だけど人間も、動物も、虫も、持って生まれた能力を活かしながら、精一杯生きているんだ。

わたしだって、自分の力で輝ける場所を探したい。

たとえそれが、母のそばじゃなかったとしても――……。

口答えを続けるわたしに、母は傷ついたように顔をしかめる。

なるべくなら理解し合いたい。でも無理な場合もあるのだろう。

そのことに気づいて切なくなった、そのとき。

〝ピンポン〟

家の呼び鈴が鳴って、外を見たおばあちゃんが「けいちゃんのお友達が来てるわよ」と大声で言う。

……友達？

わたしには友達はいないはずだ。

けれど、思い当たる顔は『あの四人』しかいなかった。

母の横をすり抜けてあわてて玄関を開ける。

そこには想像したとおりの顔ぶれがあって、なぜだか鼻の奥が熱くなった。

「こんばんは。吉岡さんのこと、迎えに来ちゃった」

そう言ってはにかむ鈴木さんの後ろには遠藤さんと小野と長谷部くんがいる。

「どうして……住所……」

「前に、動物病院の近くに住んでるって言ってたの思い出して。そしたら小野くんがお父さんに聞けばわかるかもって」

ああ、そういえば鈴木さんとそんな話をしたことがあった。「田舎なめんなよ。家なんてすぐバレるんだから」って、小野が笑う。

「まあ、今回ばかりはここが田舎でよかったのかな」

「小野のお父さんが町のことに詳しくてよかったよね」

わざわざわたしの家を探して、ここまで来てくれた。驚きとうれしさが混ざってよくわからない気持ちになった。

「え……あなたたち、この前の、図書館の」

わたしを追いかけてきた母が戸惑いながら顔を出す。

すると鈴木さんは、

「わ、わたしたち、蛍子さんの友達です。今日は一緒にホタルを見に行く約束をしていたので、迎えに来ました」

と、かすかに声を震わせながら言った。

……みんな、わたしのことを友達だと思ってくれていたの？

それっていつからだろう。

きっかけはどこだった？

聞きたいことはたくさんあるのに声が出ない。口を開いたら泣いてしまいそうだから。

「迎えって、例のボランティアの行事もないいんでしょう？　あなたたちだけでこんな時間に出歩くなんて……」

「あ、それなら心配ないっすよ。俺の親父たちがついてきてくれるんで」

時間を理由にしようとした母に、小野が道路のほうを指さす。そこには大きなワゴン車が停まっていた。

運転席に乗っているのは小野のお父さんらしい。そして、助手席に見えるのは蛍籠を作ってくれた校務員の安達さんだった。

「親父、『若者の青春』ってやつが好きなんだってよ。知らなかったわー。安達さんももともとボランティアの引率をする予定だったみたいでさ、二人で車出してついてきてくれることになった。これなら安心だろ」

小野のお父さんと校務員の安達さんは、昔一緒に仕事をしていた知り合いらしい。

暑苦しいけど使えるものは使わないと、と歯を見せて笑う小野の横で、長谷部くんもうなずく。長谷部くんの首には立派な黒いカメラがかかっていた。

「もしホタルがいたら、写真撮ってカードにして送るってニックと約束したんだ」

「へー。それ、夜でも写るの？」

「た、たぶん」

小野に指摘されて照れたように笑う。そのうち安達さんが車から降りてきて、わたしのお母さんに素性を告げながら挨拶をした。

「今日は私たちに保護者代わりをさせてください。帰りもしっかり送り届けますから」

「でも……」

安達さんの言葉に母は困っているように見えた。

視線をさまよわせて、本当にどうしたらいいかわからないといった表情をしている。

「……いろいろあるでしょうけど、今はこの子たちがやりたいことを見守ってあげませんか。彼女らはまだ十五歳で、可能性がたくさんあるんですから」

母はぎゅっと唇を結んで、少しうつむく。

母にとって虫は憎いもので、家のことはちゃんとしないとっていう意識にとらわれていて、周りと違うわたしの未来を心配する気持ちだって本物だってわかってる。

わかっているからこそ、これだけは伝えたいのだ。

「……お母さん。わたし、お母さんがいじわるしたいわけじゃないって知ってる。でも、こんなわたしと一緒にボランティアに参加してくれる人が、四人もいたんだよ」

母はハッと目を見開いて、安達さんの奥で心配そうにこっちを見ている鈴木さんたちを見つめる。

それから安達さんに向き合って「すみません、よろしくお願いします」と頭を下げた。

「お母さん……」

「後で怒ったりしないから行ってきなさい」

気のせいだろうか。母の目にはうっすらと涙が溜まっているように見えた。

そして母は冷たい手でわたしの肩をぽんと押してくれた。

帰ったらまたしっかりと話さなければいけない。母だけじゃなくて、父とも。

家族だからといってなにもかもわかりあうのはきっと難しい。

それでも、わたしがわたしであるために頑張ってみようと思う。


夏だけど薄手のカーディガンを羽織って、雨上がりだから長靴を履いて外に出る。ワゴン車に乗ると、タバコの匂いがした。小野のお父さんとミラー越しに目が合う。

「わるいね、俺も他の職人たちもみんなタバコ吸うからよ」

「いえ、はい」

「それにしてもこだ頭のよさそうな娘さんが、航平と友達なんてなぁ。これからも仲良くしてやってくれな」

ニッと歯を見せて笑う小野のお父さんに、小野は恥ずかしがって文句を言っている。ガタイのいいところがそっくりだ。

わたしはさっきから不思議に思っていたことをつぶやいた。

「……あの、わたしたちって友達だったの？」

素直な疑問に、横に座っていた遠藤さんが顔をしかめて口を開いた。

「この前も思ったけど、あんた、それ本気で言ってる？」

「この前？」

「そう、図書館で……」

一体どの会話のことだろうか。図書館でのやり取りを必死に思い返していると。

「……まあいっか。それが吉岡だもんね」

なぜか呆れたように笑った遠藤さん。鈴木さんもクスクス笑っている。

みんなの笑いの理由がわからないけれど、楽しそうだからわたしもうれしい。もしかして、友達ってこういうもの？

「足もと、ぬかるんでるから気をつけて」

車を降りてからは、安達さんに先導されてわたしたちは遊歩道を歩いた。片手は空けておいて、もう片方の手には蛍籠。一番後ろからは小野が大きな懐中電灯でみんなを照らしてくれていて、まるで探検隊のようだ。

「絶対虫に刺されるー……」

「そんなの気にすんなら来るなよ」

「ひどーい」

遠藤さんと小野はごく普通に話している。

「遠藤さん、僕の虫よけ使う？　姉さんから借りた結構強いやつ」

「いいの？　ありがとうケ……長谷部くん」

あだ名で呼びかけそうになって言い直した遠藤さんに、長谷部くんはため息をついた。

「……もうケンちゃんでもなんでも、好きに呼んでいいよ」

「えっ、ありがと」

……思えばわたしたちは奇妙な関係だ。

小野と長谷部くんは遠藤さんのことを苦手なようだけどこうして普通に接して、遠藤さんは小野への想いを隠して。

鈴木さんと遠藤さんは少し前までケンカをしていて、わたしはこの中の誰ともちゃんと話したことがなかった。

学校でいつも一緒にいるわけでも、なにもかも打ち明けられるわけでもない。

それでもわたしたちは〝友達〟なのだという。

「遠藤さん、これも貸してあげる」

「え。あんたがスクバにつけてるトンボじゃん」

わたしはリュックからオニヤンマのストラップを出して遠藤さんに渡した。

「これ、虫よけだから。蚊とかアブとかハチとかに効果あるって言われてる」

「は？　そうだったの？　虫好きだからつけてるだけかと思ってた」

遠藤さんは驚きながらもストラップを受け取ってくれた。趣味悪い、と苦笑いしながらも自分のカバンに取り付けた。たったそれだけのことで、ホッとするような不思議な気持ちに包まれる。

「わっ」

ずるっ。ふと泥に足を取られて転びそうになったわたしの体を鈴木さんが支えてくれた。

「大丈夫？」

「うん」

「あちこち濡れてるね」

さっきまで降っていた雨の露が、髪や肩に降りかかっている。眼鏡も濡れてしまって、四人の姿がキラキラと光って見えた。

「見られるとしたら、この辺りかな」

安達さんはここで待っていると言い、目の届く範囲を自分たちでホタルを探すことになった。懐中電灯の光を弱くして五人で歩き出す。

「この川に本当にいるのかなぁ」

「そもそもすんでないとかだったらウケるよな」

わたしの祖母が子どものころ見たんだから、もう六十年以上は昔の話か。きっとその後も見た人がいるからボランティア活動が行われているんだろうけど、生息していたとしても発光していなければ見つけることができない。

「僕、調べたんだけどさ。夜八時くらいが一番、ホタルが活発に飛ぶ時間帯らしいよ」

長谷部くんの言葉を聞いた小野がデジタル式の腕時計を確認する。

「まさに今じゃん。雨上がりだし、時間もバッチリだし、これ以上ないよな」

時刻は夜七時五十二分。

いくら安達さんたちが付いていてもそこまで遅くなることはできないから、三十分ほど探しても見つからなかったら諦めようということになった。

「あ、ゴミ落ちてる」

ここは町の観光スポットとして紹介されている遊歩道。空のペットボトルやお菓子の包み紙がいくつか落ちているのがわかる。

「せっかくだし、拾っておく？」

鈴木さんの提案に嫌な顔をする人はいなかった。

「僕、ボランティアに用意した荷物のままだから、軍手持ってきてるよ。みんなの分も」

「長谷部、さすが用意いいなー」

よくやった、とほめるように小野は長谷部くんの背中を叩く。

「わっ。……だから小野はいちいち距離が近いんだって」

「わかる。小野ってみんなにそうだから、人たらしだよねぇ」

めずらしく意気投合したらしい長谷部くんと遠藤さんに責められて、小野は口をとがらせる。こんなに騒いだらホタルなんて出てこないような気がしたけれど、不思議と文句を言う気にはならなかった。

月が雲に隠れていて、空気も少し肌寒い夏の夜。

目立つゴミを拾いながら、歩ける範囲のところはすべて探してしまった。

「今日はもう無理かな……」

「えー。せっかく来たのにね」

「まぁ、自然のことだからしかたねーよな」

長谷部くん、遠藤さん、小野の足が来たほうへともどっていく。

今日、車に乗って家に帰ったら、もうこの五人で集まることはないのだろうか。そう思ったら胸のあたりがずっしりと重くなる。わたし、一体どうしてしまったんだろう。

「吉岡さん？」

ピタリ、突然立ち止まったわたしの顔を鈴木さんが心配そうにのぞき込んでくる。

「……あの。みんな」

わたしの小さな声に三人も振り返った。

なにを言いたいか、どんな気持ちを伝えたいか。それをちゃんと頭の中で考えてからしゃべるって、こんなに緊張するのか。

「えっと……また一緒に、ホタルを探しに来てくれる？」

この関係を終わらせたくない。それは、他人に対してはじめて抱いた気持ちだった。

また会って、みんなのたわいもない話を聞いていたい。場所は図書館でも学校でも公園でも、どこでもいいとすら思える。わたしはおもしろい話ができないけれど、そこにいられるだけでいい。

返事が怖くてうつむいてしまったわたしの肩に、鈴木さんがそっと触れてくる。

「うん。もちろんだよ。また来ようよ」

顔をあげると、鈴木さんは優しくほほえんでいた。

「……本当？」

「本当。みんなも同じ気持ちだと思うけど」

鈴木さんと一緒に三人のほうを見ると、三人もわたしを見ていた。

「なに言ってんの吉岡。見られないでこのまま諦めるとか悔しいじゃん」

「ニックと約束した写真を撮りたいし、あとカブトムシも探したいし……」

「夏しかいねーなら夏休み中にまた集まろうぜ。親父に言ってみるから」

ここにいる四人がわたしと同じ気持ちを持ってくれている。

通じ合ったりわかり合ったりすることって、こんなにもうれしいんだ。

世の中には、どんなに成績がよくても知ることができない感情が山ほどあるらしい。

「……よ、吉岡さん」

すると横にいた鈴木さんが突然、わたしの袖を軽く引っ張る。

「なに？」

「見て、あそこ……」

目を大きく見開きながら彼女が指さした、その方向には。

「……！」

チカッ。

草むらの中で、かすかな光が三秒ほど灯って消える。

瞬きをしたら、同じ場所がまた光った。

「お、おい。あれ」

小野たちも気づいたようで、懐中電灯を消して息をひそめながらゆっくり近づいてきた。

最初の一匹に返事をするように、離れた場所に別の光が灯る。

三つ、四つ、五つ。光っては消えるのを繰り返す。

「……いたじゃん、ホタル」

「まじかよ」

遠藤さんと小野は口を開けてその光景を見ている。

長谷部くんは首に下げていたカメラを構えようとして、

「びっくりして逃げちゃうと嫌だから、フラッシュなんてたけないね」

と言って、手を下ろした。

図鑑や映像で見るような、幻想的な無数の光ではない。

だけどそれは確かに、わたしたちが探していた輝きだ。

「……きれい……」

もし本当にホタルを見られたら、もっと近くで観察したくなると思っていた。

だけどわたしの目は遠くの光に釘付けになるだけで、足だって一歩も動かない。

わたし今、あの光に見とれているんだ。

「ねぇ吉岡。ホタルってなんで光るの？」

「ホタルは、発光器にあるルシフェリンとルシフェラーゼが反応して……」

「そういう理屈じゃなくてさ、理由」

遠藤さんの呆れ顔はもう何回も見た。

ごめん、と謝ってからわたしは頭の中の知識を引っ張り出す。

「異性に合図を送る目的が一番だと思うけど、他にも身を守るためだとか、仲間を集めてコミュニケーションを取るためだとか言われてる」

「ふーん。ホタル同士でコミュニケーション取ってるとか、ちょっとかわいいね」

「あと、すんでいる地域によって光る間隔が違うみたい。東日本は四秒とかで、西日本はもっと短いんだって」

「なにそれ。関西のホタルはせっかちってこと？」

「気温とか遺伝子の差って書いてあったけど、ハッキリと解明されてない」

「そういう謎、吉岡っていつか自分で調べて解明しそうだよね」

昆虫の特徴の多くは生存本能によるもの。小さな体で種を残すためにあれこれ工夫しながら生きている。

わたしはそんな昆虫たちをかっこいいと思っていて、これからもたくさんのことを知っていきたい。

遠藤さんの言うとおり、自分で調べて謎を解明することができたらどんなに楽しいだろう。

ああ。やっぱり、誰になにを言われても、この気持ちは消せないや。

「……わたしたち、きっと、吉岡さんの光に集められたんだね」

「えっ？」

鈴木さんがホタルを見ながらそう言って、わたしは目を見開く。

「だって吉岡さんがいなかったら、こんなにすてきな体験できなかったよ。わたしも自分のことをきらいなままだったと思う。だから、ありがとう」

照れくさそうにはにかむ鈴木さんの言葉を聞いて、強い感情が込み上げてくる。

それはわたしの心を熱くして、鼻の奥をツンと痛めて、そしてついに涙となって目から溢れた。

涙なんて、なにがあっても出てこなかったのに、どうして。

「僕も、吉岡さんが話聞いてくれたのすごく感謝してるんだ」

長谷部くんが大きな目を細めておだやかにほほえむ。

「えっ、なにこれ。吉岡を励ますタイム？　えー、俺はまぁ……カゴ作らされたおかげで、いろいろ考え方変わったかな」

小野はこっちを見ないままつぶやいた。頭の後ろを掻きながら、次は遠藤さんの番だとうながす。

「んー……あたしも結局、みんなに交ざれてよかったたって思ってるし……ジャコウアゲハって言ってくれたのも、まぁ、うれしかったかも」

こういうの恥ずかしいね、と遠藤さんは手で顔を隠す。

誰かに感謝されることがこんなにうれしいなんて知らなかった。

視界がにじんでいて、わずかな数しかいないはずのホタルの光が無数に散らばって見える。

それは、本やネットで見てきたどの写真よりもきれいだと思った。

――十五歳の夏。友達と一緒に見たホタルの輝きを、わたしは一生忘れたくない。

この先どんなにうまくいかないことがあっても、今日のことを思い出せば乗り越えられそうな気がするから。

「……わたしのほうこそ、ありがとう」

小さな声でようやくお礼を伝えることができたわたしに、四人は優しく笑ってくれた。

【ゲンジボタル】

分布……本州〜九州

時期……5月〜7月

体長……10mm〜16mm

水がきれいな川や水路に生息。卵や蛹の段階でも発光することがある。ホタルの発光酵素は、食品衛生検査への応用や医療分野や生物学の研究に役立っている。

本書は、第64回講談社児童文学新人賞佳作入選作に加筆・修正したものです。

参考文献
『ファーブル先生の昆虫教室　本能のかしこさとおろかさ』文・奥本大三郎 絵・やましたこうへい（ポプラ社）／『昆虫たちの世渡り術』海野和男（河出書房新社）／『学研の図鑑LIVE昆虫』監修・岡島秀治（学研教育出版）／『ポプラディア大図鑑WONDA(1)昆虫』監修・寺山 守（ポプラ社）／『ゆるゆる昆虫図鑑』漫画・さのかける 監修・丸山宗利（Gakken）／『ドキドキいっぱい！虫のくらし写真館 14アメンボ』監修・高家博成 写真・海野和男・文・大木邦彦（ポプラ社）／『子供の科学・サイエンスブックス カブトムシ＆クワガタ百科 』著・安藤"アン"誠起（誠文堂新光社）／『ホタルの光は、なぞだらけ－光る生き物をめぐる身近な大冒険－』著・大場裕一（くもん出版）／『カラー自然シリーズ46 ホタルのくらし』著・矢島 稔、佐藤有恒（偕成社）

著者
五十嵐美怜（いがらしみさと）
福島県出身、在住。日本児童文芸家協会、日本児童文学者協会に所属。図書館での勤務をきっかけに児童書の執筆と投稿をはじめる。主な作品に「恋する図書室」シリーズ、「幕末レボリューション！」シリーズ（いずれも集英社みらい文庫）、「きみがキセキをくれたから」シリーズ（講談社青い鳥文庫）などがある。本作『15歳の昆虫図鑑』で第64回講談社児童文学新人賞佳作入選。

装画 ゲレンデ

挿画 柏 大輔

15歳の昆虫図鑑（さいのこんちゅうずかん）

2024年11月12日　第1刷発行
2025年 6 月23日　第2刷発行

著　者　五十嵐美怜（いがらしみさと）
発行者　安永尚人
装　丁　坂川朱音（朱猫堂）
発行所　株式会社　講談社
〒112-8001　東京都文京区音羽2-12-21
電話　編集　03（5395）3535
販売　03（5395）3625
業務　03（5395）3615

印刷所　共同印刷株式会社
製本所　株式会社若林製本工場
本文データ制作　講談社デジタル製作

N.D.C.913　223p　20cm　ISBN978-4-06-537413-9